LES RÉVEILLEURS
DE SOLEIL

www.editions-jclattes.fr

Oxmo Puccino

LES RÉVEILLEURS DE SOLEIL

Roman

LA GRENADE
JC Lattès

Conception graphique de La Grenade : Sarah Kahn
Couverture : Manon Bucciarelli

ISBN : 978-2-7096-6866-8

Première édition mai 2021.

À mon papa, Bena Diarra
À Madame Martine Mottin
À my man, Dj Duke
« Amour sur nous »

« Quand je n'ai pas de bleu, je mets du rouge. »

Pablo Picasso

« La vérité est un serviteur maladroit qui, en nettoyant, casse les assiettes. »

Karl Kraus

La longue nuit

Un refrain entêtant résonne dans la tête de Rosie, alors que l'horloge au-dessus de l'évier bat la mesure.

« Encore un matin

Où le Soleil ne s'est pas levé. »

Les aiguilles indiquent huit heures. Et à cette heure, d'ordinaire, son grand-père la presserait d'accélérer la cadence et d'avaler sa dernière tartine. Mais ce matin encore, l'école est fermée, tout comme les boutiques et les lieux où les gens s'amassent pour des papiers qui provoquent des migraines administratives.

Sans avoir complètement disparu, le Soleil se contente d'apparaître timidement quelques minutes, comme s'il avait trop mal au dos, avant de se recoucher presque aussitôt, laissant une petite lueur d'espoir aussi discrète qu'une pénombre. Dans les maisons, les ampoules scintillent du soir au matin, enfin du soir au soir, et la nuit perpétuelle a ralenti la vie de tous. Les rares personnes croisées dans la rue marchent vite, tête baissée, cachées dans leur manteau à cause du froid blanc et sec. Elles ne prennent plus la peine de se saluer, ni même d'échanger vraiment un regard. La peur gagne, des rumeurs de pénuries courent, l'esprit de survie a chassé la joie. C'est à croire que le temps n'existe plus. Amourville a perdu le tempo.

Du haut de son mètre soixante, des cheveux bruns en broussaille, Rosie n'est pas mince, elle est juste avant d'être ronde. Quand elle sourit, ses joues ovalisent son visage, ses yeux sombres et profonds sont tantôt espiègles tantôt curieux et peuvent vous percer jusqu'à trouver votre vérité. Infatigable, elle passe ses journées à s'occuper du jardin, elle est même devenue une apprentie indispensable pour son grand-père Edmond.

Bien qu'il ne puisse rivaliser à cause de ses tracas de santé, Edmond essaie de garder la pêche. Tous les matins, il s'arrange avec ses douleurs pour qu'elles se taisent, au moyen de quelques étirements, au point de paraître moins que son âge et il s'en vante. Il s'accroche, garde ses inquiétudes pour lui, il sait qu'un jour ou l'autre les temps vont changer. Les temps ont toujours changé. Grainetier de métier, on parle de son savoir-faire au-delà des forêts, et même si le travail se fait rare, ranger leur petite maison lui permet de tuer le temps. Il en profite aussi pour élaborer de nouveaux croisements botaniques dans son jardin, un espace de quelques dizaines de mètres carrés exposé plein sud. Il a même commencé à cultiver des algues d'eau douce sur les bords de la Spline, la rivière qui coule derrière la maison. Quand le Soleil se levait tous les matins, le petit parc d'Edmond était odorant à l'enivrement. L'arbre à thé au pas de la porte, les bambous noirs qui protégeaient les plants de camomille du vent, le potager et, plus loin, la haie de chanvre vous accueillaient et vous préparaient au défilé de rosiers qui menaient jusqu'à l'entrée de la maison, où le basilic et d'autres plantes aromatiques vous ouvraient presque la porte. Ce petit jardin est leur paradis, c'était leur paradis. Bientôt, ce ne sera pas l'enfer, mais juste un terrain vague, ce même vague à l'âme qui entame l'enthousiasme d'Edmond.

Au départ, le Soleil a commencé à se lever à des heures absurdes, quinze heures, dix-huit heures, pour ensuite se coucher n'importe où, en apparaissant toujours moins, jusqu'à déstabiliser l'organisation de tout le pays. Et chacun s'est inventé des solutions. À treize piges seulement, Rosie, inspirée par le côté bricoleur de son grand-père, a planté de grands miroirs dans le jardin afin de capter la lumière lors des rares passages de l'astre. Hélas, les apparitions étaient trop furtives pour réveiller ses petites sœurs, les plantes. Elle les a tournés dans tous les sens, a fait chauffer ses méninges pour trouver de la lumière jusqu'à imaginer recréer un microcosme en installant des lampes et des chauffages.

— À ton âge, si j'avais eu la chance de savoir lire et d'aller à l'école, j'aurais lu tous les livres de la maison !

— Je les ai tous lus.

— Alors… relis-les !

Plutôt que de s'attaquer au problème et de triturer des détails qui lui font tourner la tête, Edmond répète son argument le plus simple : l'argent ! Leurs problèmes se résument au manque d'argent. Et, bien que le Soleil et l'argent n'aient pas de rapport, il préfère régler la question par la fuite. Rosie sait bien qu'il flûte et son grand-père sait qu'elle le sait. L'argent n'est pas la seule fausse note dans leur vie mélodieuse, la santé d'Edmond décline de façon inquiétante. Il pousse des quintes de toux à couvrir une fanfare. Et sans lumière, pas de végétaux, et sans végétaux, pas de médicaments. Edmond ne peut plus confectionner ses décoctions pour se soigner ni soigner Rosie. D'ailleurs, elle ne sait même pas ce qu'est un stéthoscope, et dans les dictionnaires du coin, le mot n'est pas référencé : grâce à Edmond, personne n'en a jamais vu.

Ce matin, elle aperçoit Edmond dans l'entrée, en train de se préparer, tout bougon, prêt à souffler des misères sur n'importe qui.

— Papy, tu vas en ville ?

— Non, mais je reviens ! Ne t'inquiète pas.

— Mais papy, je veux pas finir seule.

— Je vais aller voir Noé, vers Arj-en-ville. Et on va se parler les yeux dans les yeux. Qu'est-ce qu'il fabrique tout seul avec ses millions de milliards, ses lingots, son parc, ses éléphants, ses châteaux et ses gardes ? Il doit nous aider.

Sur ces mots, Edmond finit de s'habiller et prend la route, bille en tête, décidé à tordre le destin et à faire revenir ce foutu Soleil. Quoi qu'il en coûte.

Edmond

Depuis la grande nuit, Edmond peut rester assis des heures dans son jardin à regarder ses raisins et ses tomates noircir, ou dépérir lentement pour ceux qui ont résisté jusque-là. Il cuisine moins, mange sans plaisir, il ne sort plus, ne reçoit plus de visites, et se contente de forcer les sourires pour ne pas inquiéter Rosie. Edmond n'est pas bavard, il parle quand il le faut. Et lorsqu'il se tait, ses silences valent tous les mots. Il y a son silence joyeux quand il travaille ou lorsqu'il écoute une personne venue lui demander conseil, le silence inquiet dès qu'il sent que ça tourne carré. Maintenant, il y a le triste silence de son absence, on entend même le ruissellement de la Spline derrière la maison. C'est un nouveau silence, un silence vide qui ne s'accroche à rien.

Cela fait maintenant trois jours qu'Edmond est parti et les aiguilles de l'horloge continuent de trotter. Il est dix-sept heures, la fin de l'école en temps normal. Dans sa chambre, assise à son bureau, Rosie lutte contre l'ennui en dessinant. Elle est entourée d'affiches et de photos : sa maman, Lorenza l'exploratrice, son premier bouquet, Famos, Rosie elle-même sur son tricycle et, surtout, Vénus l'ange de beauté, qui l'inspire tant. Les images et les portraits accrochés au mur la regardent, lui donnent le courage que peuvent donner les grands modèles, et ce n'est pas de trop.

Sur une feuille de papier, elle dessine un papillon qui tire de toutes ses forces un Soleil fatigué, dans l'espoir qu'il puisse rester accroché au ciel. Elle pose son œuvre sur une pile d'autres dessins, pose un coude sur la table, pose son menton dans sa main et son regard dans le vide. La lassitude est en train de bâillonner sa vie. C'est alors que le carillon de la maison sonne, Rosie accourt à l'entrée. Deux silhouettes apparaissent au portail. Elle s'avance vers eux. Un chasseur du coin supporte un homme aux bras ballants qui peine à tenir debout.

— C'est vot' vieux ? Je l'ai trouvé à cinq kilomètres d'ici, couché en bord de forêt… Un jour de plus et les bêtes s'en occupaient !

Ses larmes répondent pour elle. Edmond est abîmé, le chasseur le porte jusqu'à son lit. Les deux jours suivants, Rosie veille sur son grand-père, elle prépare des décoctions pour lui redonner des forces, l'aide à boire en lui relevant la tête. Pendant les heures qui suivent, il reprend des couleurs, mais Rosie constate aussi que les flacons d'huile seront bientôt vides, et quand elle demande paniquée à Edmond où sont les autres, il bégaye encore que l'argent manque. Rosie sait ce que cela signifie et la peur s'installe dans son ventre. Et pèse.

Quand il se réveille, le troisième jour, Edmond parvient à se lever et marche difficilement, en s'appuyant sur les meubles. L'énergie lui fait défaut, mais sa colère n'est pas redescendue. Il est même désagréable. Il répète en boucle le même discours :

« Tout le monde devrait s'unir pour agir. » Il ne cesse d'invectiver les puissants de ce monde, trop occupés à ne soigner que leur fortune, leur apparence ou leur notoriété.

— Dès que je suis remis, je prends mon fusil et j'y retourne, on va voir s'ils vont pas payer. Et si ça marche pas, je les ferai tous, on verra si le Soleil revient pas ! De toute façon, j'ai plus rien à perdre !

Une quinte de toux reprend Edmond, secouant tout son corps, et Rosie reste transie. Lorsqu'Edmond évoque son fusil, rien ne va plus du tout, du tout, du tout, du tout…

— Plus rien à perdre ? Bah… et moi ?

Le visage d'Edmond se met à fondre et à dégouliner sur le sol, ses sourcils s'ouvrent en arc-en-ciel et sa bouche tombe sur les côtés. Pour la première fois depuis son retour, il se rend compte de son mauvais caractère. Un sourire d'excuse, de petit garçon, s'imprime sur ses lèvres. Sa petite-fille est ailleurs.

L'intuition de Rosie s'est cimentée en certitudes. Si le Soleil ne revient pas, c'est son papy qui risque de s'éteindre. Et vivre sans famille, c'est bien pire que de grandir seule. Et si les jours sont désormais comptés, la nuit ne l'est pas. Et si les grands qui d'ordinaire protègent le monde, ordonnent les jardins et les routes ne bougent pas, pourquoi les petits ne le feraient pas ? Rosie n'est plus une enfant. Et ce soir, les rôles s'inversent, la personne à protéger est la plus âgée des deux. Alors si le présent est obscur, elle doit faire en sorte que l'avenir le soit moins.

Edmond n'ose pas demander ce qui traverse l'esprit de Rosie et, comme il ne pose pas la question, elle le fixe. Edmond soutient son regard quelques secondes avant d'exploser de rire, ce qui vexe sa petite-fille qui cherchait une occasion d'exprimer son mécontentement. Edmond s'empresse alors de la serrer dans ses bras.

— Tu sais quoi, papy ? Je vais trouver l'argent et la personne qui va faire revenir le Soleil.

Son papy hausse les sourcils. Il sait qu'elle plaisante. Et dehors, les loups sont peut-être revenus, la ville est grande, elle va se perdre. Edmond a peur de tout pour elle. À force de la protéger et de souhaiter que rien de mal ne lui arrive, rien de bien ne peut non plus lui arriver. Edmond desserre son étreinte et, avec son index, il trace un sourire imaginaire sur le visage de sa petite-fille, lui tire les joues, observe sa marionnette et tous les deux se marrent comme des baleines.

Ces dernières semaines, Edmond avait avalé son humour, il ne plaisantait plus. Il marmonnait dans son coin et avait l'impression de faire partie du gang des révoltés du salon, ces gens qui parlent mais qui n'agissent pas. Longtemps, il a espéré que la gardienne de la forêt réapparaisse et apporte une solution. Lorsqu'il parle d'elle, ses yeux se remplissent d'un doux mélange de nostalgie et d'espoir. Mais elle n'a pas donné signe de vie depuis trop longtemps. Edmond reste déterminé à y retourner dès que sa santé le lui permettra, mais en vérité, borné comme il l'est, il est capable de repartir à peine rétabli, à l'insu de sa petite-fille.

Un matin, il se lève, marche avec difficulté, sa canne est loin, son corps pèse des tonnes, il appelle Rosie de sa voix fatiguée. Elle ne répond pas. Sur la table de la cuisine, là où il pose les bols, le beurre poivré et la confiture de camomille, il trouve un mot.

« Je reviens demain avec le Soleil et l'argent. Demain, d'accord ? Je t'aime. Rosie. »

Sur la route

Sur le pas de la porte, le mot de Rosie à la main, le cœur serré, Edmond culpabilise. Il l'imagine déjà loin sur son vélo. Pourtant, s'il faisait le tour de la maison, il tomberait sur elle, encore hésitante, dans le jardin, en dessous de l'arbre à thé, près du sentier qui mène à la Spline. De ce point d'observation, elle a l'impression que le jardin s'étend jusqu'à la mer Azeta, à une quinzaine de kilomètres. Aujourd'hui, exceptionnellement, la pleine lune éclaire le paysage et, derrière elle, Rosie aperçoit les montagnes qui encerclent Amourville. Leur maison surplombe le pays. Devant elle, la mer commence là où s'arrêtent les lumières, la ligne sombre à l'est marque l'estuaire en bas de la ville. C'est là qu'habitent les plus fortunés, des gens que l'on croise de temps en temps, et que tout le monde envie et admire autant qu'il les déteste, surtout Edmond.

Rosie, elle, n'a jamais constaté de différences chez sa meilleure amie, Coco, qui vit dans le quartier de Genzalez. Comme Rosie, la famille de Coco vit face à la mer, face à ce musée de nature à ciel ouvert, à ceci près qu'ils en sont plus proches et peuvent faire trempette au gré de leurs envies, ou se promener sur les bords de la Spline en ruminant leurs problèmes incompréhensibles pour les autres habitants.

À six kilomètres à l'opposé du quartier de Genzalez se trouve la forêt des On-dit, après la forêt s'élève la colline du Soleil, et au-delà c'est Arj-en-ville, la destination de Rosie, le domaine de Noé, l'homme le plus riche du monde, dont on dit qu'il a la solution à tous les problèmes. Elle compte le convaincre de faire revenir le Soleil.

Rosie observe le paysage et visualise son itinéraire. Son plan consiste à contourner la forêt des On-dit par le nord. Elle envisage de remonter la Spline pour arriver au sommet de la colline d'Arj-en-ville. Elle pourrait aussi descendre jusqu'à la mer et passer par la pointe de la ville, mais cela ajouterait quatre heures de vélo et elle n'a qu'une seule gourde, un cœur et deux jambes. Le chemin le moins long serait de traverser la forêt. Elle se souvient y avoir été toute petite avec son grand-père, ils avaient rendu visite à la gardienne de la forêt dont eux seuls connaissent l'existence, c'est ce que lui avait dit Edmond, sans qu'elle sache pourquoi. Rosie se rappelle encore la grande taille d'Aube, ses cheveux bruns tombant jusqu'aux épaules, ses grands yeux clairs perçant une large frange. Depuis ce jour, Rosie n'a jamais rencontré une personne avec une telle aura.

Plusieurs fois, elle a entendu Edmond marmonner que la gardienne pouvait les aider. Enfin, il l'a répété moins souvent que pour l'argent, et encore faut-il que la gardienne soit toujours là. À leur dernière visite, ils n'ont pas vu la lumière qui guide jusqu'à sa prairie, car on ne cherche pas la gardienne, c'est la lumière qui vous emmène à l'Esprit de la forêt. Rosie s'en souvient. De peur, elle n'avait pas lâché le pantalon de son grand-père de tout le périple.

Si la forêt des On-dit était humaine, ses oreilles siffleraient en permanence. On dit d'elle qu'elle se nourrit des promeneurs imprudents, que les démons et les loups y règnent, on dit même que lorsqu'une personne meurt la tête noyée dans ses problèmes, son âme erre entre les arbres bavards jusqu'à des temps dont personne n'aura souvenir. On dit beaucoup de choses au sujet de la forêt des On-dit, et d'ailleurs, ce « On » est bien trop bavard, il en sait toujours plus que tout le monde. Sûrement trop. Et même si personne ne veut croire les « On », la réputation de la forêt se nourrit des légendes racontées par les parents. On dit notamment qu'elle est indéforestable. Jadis, c'était un petit jardin. Les anciens allaient se servir en bois, mais chaque fois qu'ils coupaient un arbre, trois autres repoussaient. Comprenant qu'ils allaient perdre la bataille, ils avaient arrêté avant qu'Amourville ne se transforme en une jungle. Elle est aujourd'hui si dense qu'en y entrant, n'importe qui peut disparaître, à jamais. La seule chance de s'en sortir est d'être guidé par une âme charitable qui vous indique un chemin. Peu importe lequel. Bref, autant de raisons de ne pas aller y cueillir des champignons.

Rosie vérifie que la voie est libre. Ni chat ni chien ni Edmond, elle jette son sac dans le panier attaché à son guidon et enfourche Harley, son fidèle vélo.

À peine partie, elle galère à pédaler, son épais manteau en laine et sa gourde en bandoulière la gênent, mais c'est toujours mieux que de finir esquimau ou asséchée de soif. Alors elle roule tranquille, croque la route mètre après mètre, se raconte mille histoires, tente de chasser le doute dans sa tête, cette petite ombre. Une peur. Peut-être qu'elle se trompe de chemin ? Elle s'arrête devant un grand rocher et l'escalade. De là-haut, la vue est dégagée, elle cherche à se rassurer quant à son itinéraire mais rien ne s'éclaircit. Les routes s'entortillent, les paysages se mélangent, elle n'est plus sûre de la direction qu'elle doit prendre. Elle fouille dans son sac pour checker le plan dessiné le matin. Pas de plan. Elle s'attaque à ses poches, refouille dans le sac, le vide, retourne ses poches de nouveau. Gourde, lampe de poche, paquet de biscuits, mais pas de plan. L'ombre dans sa tête gagne du terrain, son courage flanche. Le rocher qu'elle a escaladé en trois bonds paraît à présent si élevé, cinquante mètres de hauteur peut-être, et il va falloir redescendre. Elle prend une respiration pour se donner de la bravoure, pose sa main au front même s'il n'y a pas de lumière pour l'éblouir, et ce simple geste l'aide à se concentrer. De l'extérieur, on pourrait trouver cette main au front insensé, on pourrait en rire, mais peu à peu, les routes et les paysages se rangent et tout s'éclaircit pour Rosie. Elle avait raison, si elle passe par la gauche et qu'elle longe la forêt des On-dit, elle arrivera à la colline.

Alors qu'elle s'efforce de sauvegarder le trajet dans sa tête, un bug vient titiller sa confiance retrouvée. Un bruit suspect dans les buissons. Son sang se met à cavaler dans ses veines, et en un claquement de doigts son dos se gèle comme une patinoire. Elle avale sa salive, elle n'est pas une gamine, la peur c'est pour les autres. Mais un nouveau bruit suspect la fait bondir et, cette fois, sans réfléchir, elle dévale le rocher à toute berzingue. Elle saute sur Harley, s'échappe, pédale à toutes jambes, s'enfuit comme une bandida, les dents serrées, redoublant les tours de mollet. Les cuisses en feu, elle se penche dans les virages pour ne pas ralentir, les freins font des étincelles. L'air lui manque, le cœur palpite et, pour reprendre son souffle, elle ralentit la cadence. C'est la cohue dans sa tête, les possibilités se bousculent. Qui l'a poursuivie ? Où est-elle ? A-t-elle roulé longtemps ? Elle hésite à faire demi-tour pour rentrer à la maison. Mais ce serait prendre le risque que le Soleil ne revienne jamais, que les fleurs fanent et qu'Edmond s'éteigne avec. Alors Rosie roule plus prudente, à la lisière, sous les premiers arbres de la forêt des On-dit pour être moins visible, là où la nuit est un peu plus épaisse, sur un chemin boueux où il faut éviter les branches et les flaques d'eau. À mesure qu'elle avance, elle se regonfle de courage, à tel point qu'au moment où une pente se présente, elle s'y engage comme une comète, en criant pour lisser le sol, sans faire attention à un nid de poule dans lequel s'accroche la roue. La cascade a duré le quart d'une seconde, Rosie s'est sentie propulsée, tournoyer dans les airs et retomber en spirale. Maintenant elle est à terre, assommée, Harley en travers sur elle, sa jambe gauche coincée dans le cadre. Le temps de constater les dégâts, elle commence à ressentir une grande douleur au genou droit, sa cheville tremble et son épaule gauche la lance.

La cime des arbres est dessinée par la lumière de la lune, les branches dansent avec la brise, indépendamment les unes des autres, elles ressemblent à des longs cous de girafes qui ondulent et l'observent. Rosie respire fort le temps de se relever, Harley va bien, mais son genou la fait grimacer. C'est là qu'elle entend le chant d'un coq. À peine l'a-t-elle repéré que l'oiseau quitte le nid de poule dans lequel Harley s'est planté et il s'envole. À l'école, on lui a toujours raconté que les coqs ne savent pas voler, c'est pour cette raison qu'ils se chamaillent avec la basse-cour. L'oiseau disparaît et, avec lui, le chemin en pente s'aplatit. Quand elle se retourne, la route n'est plus la même. Rosie s'est perdue, les regrets l'envahissent, elle est dans l'endroit qu'elle redoute le plus au monde, la forêt des On-dit, et si elle ne se tire pas de ce bourbier, elle va disparaître et Edmond s'inquiéter pour de bon, jusqu'à mourir de tristesse. Ses paupières se remplissent de ses angoisses. Elle est pétrifiée un long moment. Jusqu'à ce qu'une brise apporte un parfum inconnu, particulièrement doux. Rosie inspire à pleins poumons, se gonfle d'énergie et, d'un coup de manche, elle se sèche les joues, calme sa respiration comme lui a appris son papy lorsque, plus petite, elle était trop contrariée. Elle attache bien son sac dans le panier, saute sur son vélo, lève la tête, repère l'étoile de Nini, seul repère dans la nuit, elle indique l'est, là où se trouve la colline d'Arj-en-ville.

Bien que la route soit accidentée, elle manie Harley comme une championne de moto GT, elle évite quelques sauts périlleux jusqu'à ce virage où Harley freine et cabre comme un pur-sang devant un obstacle, les pédales se bloquent. Un morceau de tissu s'est pris dans le grand plateau du pédalier. Rosie tire, mais ça coince, on dirait un long rideau, un drap. Elle suit ce fil d'Ariane et, quelques mètres plus loin, le tissu se soulève, une ombre apparaît. Elle se détache de la lisière de la forêt des On-dit, se retourne et lui fait face. On ne distingue que des yeux plus sombres encore que la nuit. Rosie hurle d'effroi, l'ombre aussi, les cris se concurrencent et font fuir même les animaux les plus féroces. Quand l'opéra cesse, que le silence revient et les laisse face à face, Rosie observe cette grande ombre. Deux larges épaules l'encadrent, d'où tombe une longue cape jusqu'aux chevilles, surmontée d'un chapeau aux bords larges qui laisse apparaître un visage enfoncé dans un gros col.

— T'as failli déchirer ma cape avec ton vélo pourri !

— C'est toi qui as failli casser Harley !

— Moi j'étais tranquille en train de pisser ! Je t'ai rien demandé ! J'ai pas que ça à faire ! Qu'est-ce que tu fais là ? T'es perdue ?

— Non, je ne suis pas perdue. Non. Non. Et tu m'as collé une frousse comme jamais.

Le monstre grogne, s'il avait vraiment tenté de l'effrayer, elle aurait perdu l'usage de la parole. Rosie ne se laisse pas impressionner, elle enchaîne la liste des remontrances : le temps qu'elle perd, son papy, Noé, son genou, tout y passe. Las de ses jérémiades, le monstre bombe le torse, écarte les bras, il semble prendre cinquante centimètres de hauteur, le double de largeur, et fait comprendre qu'il n'aime pas les chatouilles verbales et autres reproches à la noix. Le monstre n'a besoin de personne pour s'ennuyer et, justement, en ce moment, il ne fait plus peur à quiconque. Pendant longtemps, la seule chose qui lui plaisait dans son existence était d'effrayer les gens en ville jusqu'à les repeindre d'une peur bleue.

— C'est ma couleur préférée.

D'un geste ample et soudain, il écarte son bras droit, fouettant sa cape qui se décroche du pédalier d'Harley avant de la replier et de s'annoncer d'une voix solennelle :

— Je suis Crépuscule, fils des ombres, origine de toutes les peurs, plus obscur que le sombre.

— Prépucescule ?

— Ça va pas, t'es malade ! Crépuscule… !

— Crépus… quoi ?

— Crépuscule, fils des ombres, ori…

— Crêpe… quoi. Je vais t'appeler Crêpe…

Ça remue Crépuscule, il serre les dents, prend un visage farouche, mais Rosie s'en étouffe de rire. Crêpe est décontenancé, il n'a pas l'habitude de parler avec quelqu'un et encore moins de faire rire qui que ce soit. En plus, elle semble ne pas le détester, ce qui anéantit tous ses réflexes, sa langue ne répond plus.

— Je cherche la colline d'Arj-en-ville, c'est par où ?

— C'est par là… ou par là… comme tu veux.

Il montre deux directions opposées et, juste avant que Rosie ne saute sur Harley, une lumière timide apparaît au-dessus de la forêt, un passage furtif du Soleil qui provoque des cris d'animaux et des mouvements inhabituels de la végétation. De l'obscurité, on passe à la pénombre. Le Soleil s'est levé du côté d'Arj-en-ville. Rosie n'y prête pas attention, trop captivée par la réaction exagérée de Crêpe, très en colère contre le Soleil. Contrairement aux autres vivants qui manifestent leur déférence envers l'astre, Crêpe veut en découdre. Il le maudit de toutes ses forces, il lance ses bras comme pour l'attraper, en listant toutes les tristesses qu'il va lui causer s'il le chope.

Rosie s'en va sans plus attendre, fuyant ces harangues qui ne vont pas l'aider et, une heure plus tard, au pied de la colline, elle est soulagée mais constate qu'elle a perdu son sac. Elle est dépitée, il a dû tomber quand elle s'est arrêtée lors de la rencontre avec Crêpe.

Plus elle monte la pente, plus elle redécouvre la ville sous un autre angle. Bientôt, elle reconnaît le pied de la montagne où se trouve la maison, ça lui pique le cœur mais elle sait qu'elle sera rentrée demain. La pente est raide, elle monte avec entrain. Elle a soif, la gourde est dans son sac et le splendide paysage ne parvient pas à lui faire oublier sa gorge sèche comme un parchemin et ses yeux presque sableux, elle est fatiguée, épuisée. Elle se rend compte alors qu'elle est au sommet de la mythique colline du Soleil. Elle s'allonge sur une souche d'arbre et s'endort.

Plus tard, un bruit, une lumière fuyante et une odeur la réveillent, elle se sent un peu mieux. Elle connaît ce parfum, une fragrance fraîche, florale, un mélange de seringat et de jasmin, escorté d'un soupçon de fleur d'oranger, ça faisait longtemps qu'elle n'avait pas senti de fleur. Une heureuse ivresse lui fait fermer les yeux pour mieux s'étourdir et, lorsqu'elle se lève de la souche, son pied manque de renverser un bol de bois rempli d'eau posé à côté de quelques fruits. C'est un très joli bol, qui ressemble à une grosse noix de coco. Elle y trempe ses lèvres. Son odeur épicée donne un goût particulier à l'eau. Chose incroyable, la gourde est alourdie, quelqu'un l'a remplie. Elle fronce les sourcils et scrute autour d'elle sans rien trouver. Revigorée, elle reprend son chemin, et l'idée que la forêt des On-dit puisse l'aider la rassure.

Quand elle arrive au sommet, elle découvre l'autre coteau de la colline pour la première fois de sa vie.

Mais Arj-en-ville n'a plus rien d'une ville, elle ressemble plutôt à un parc d'attractions au milieu d'un jardin d'une cinquantaine d'hectares, propriété de Noé. Il a racheté Arj-en-ville il y a quelques années. Après un coup de Trafalgar dont lui seul a le secret, il a fait raser la plupart des maisons pour y laisser ce parc étrange. Dans le lot des négociations, il a promis aux habitants de conserver l'appellation « en ville » pour qu'ils gardent au moins un souvenir d'avant le déluge, tout en s'octroyant le droit de nommer son domaine l'Arj-de-Noé.

Noé

Noé est l'homme le plus riche du monde et de tous les temps. Facile à trouver, nul n'ignore que le jeune homme se niche dans son château, dont le territoire débute au bas de la colline d'Arj-en-ville. À l'entrée du domaine, des projecteurs dernier cri crachent des flammes et éclairent un portail de dix mètres de haut. L'autoproclamé homme de toutes les situations a fait monter sur ce portail une gigantesque clé ornée de son portrait. Devant, un homme en uniforme tient la garde, sa casquette lui tombe sur le nez, il est épaulé de deux soldats, droits dans leurs bottes et, derrière, au loin, un tank surveille les arrières des trois troufions.

Le chef de la sécurité ignore Rosie. Il ne semble pas la voir. En tout cas, il ne s'alarme pas. Rosie hésite à parler à ces hommes stoïques, des statues de chair. Peut-être qu'ils sont morts, qu'ils sont morts-vivants ou plutôt des vivants morts. Le chef finit par lui adresser la parole :

— Jeune fille ! Où sont vos parents ? Vous avez un mot ? Sinon vous n'avez rien à faire là. C'est une zone militaire ici !

Sauf ordre de mission ou bon d'audience, il ne peut garantir sa sécurité, surtout si elle s'approche de la zone privée. Devant ces uniformes, Rosie imagine la manière dont son grand-père a dû réagir face à l'autorité. Ce n'est pas étonnant qu'il ait souhaité revenir avec son fusil, mais elle, ce n'est pas sa manière d'agir. Remarquant une bande blanche au sol, elle lève sa semelle pour poser un pied en même temps que son regard en direction du chef. Celui-ci désigne le tank de la tête, Rosie n'insiste pas.

La jeune fille ne se laisse pas démonter et tente de lui résumer les raisons de son périple. Mais sans prêter l'oreille, le bonhomme fait demi-tour. Rosie sent qu'elle n'arrivera pas à le convaincre, elle pense alors au Soleil apparu plus tôt et, tandis qu'elle remonte sur Harley, elle tente un bluff digne d'un tournoi de poker.

— En tout cas, quand Noé saura qu'il a raté le retour du Soleil. Le-retour-du-Soleil ! Et à cause de vous, certaines personnes vont lui devoir des explications !

Des bruits de pas se font entendre, une voix ordonne un demi-tour immédiat et, avant même que Rosie n'ait prononcé la moindre parole, le portail s'ouvre dans un bruit d'usine à chocolat, une voiture arrive, le chef la fait monter et la voilà embarquée pour le château. Alors qu'ils sont en route, l'homme lui fait remarquer que tout le monde a besoin de Noé, sinon il ne serait pas Noé, puisque sa mission est de protéger le monde de sa perte. Et justement, le retour du Soleil remplit cet objectif. Rosie prend note, mais la sensation que la terre tremble lui fait tout oublier.

Ils roulent maintenant depuis une demi-heure vers l'entrée du château des quatre saisons où Noé vit seul, comme un roi, entouré d'une sécurité militaire de haut niveau. Selon son adage, « quand on a de l'argent tout le monde le veut à n'importe quel prix », il faut donc se protéger. Derrière eux, le tank les suit, canon pointé vers leur véhicule, mais ce n'est pas lui qui fait trembler la terre à rythme régulier.

Bom. Bom. Bom. Toutes les secondes, on dirait une secousse sismique, les militaires à bord restent imperturbables, ils se jettent des regards complices puis la voiture s'arrête. Derrière, le tank freine également. À chaque secousse, il semble s'enfoncer. Rosie entend des barrissements, elle sort la tête de la voiture et, dans un ouragan de poussières, elle devine une douzaine d'éléphants, couverts de draps faisant office de maillots. Ils tournent comme dans un cirque et chacun pousse une balle du bout de sa trompe. Au milieu, leur entraîneur les encourage à accélérer le pas en rythme. Le soldat chauffeur partage les tuyaux avec le chef pour les paris du soir, avant que la voiture ne redémarre en trombe. Rosie est émerveillée, c'est la première fois qu'elle voit une équipe d'éléphoot.

Quand elle descend de la voiture, les militaires repartent aussitôt. Rosie ne trouve ni sonnette, ni accueil, ni personne, elle patiente devant l'immense porte du château façonnée dans un bois rare, probablement cher, et piqué de pierres précieuses. Pour ne pas l'esquinter, on ne l'ouvre que rarement. Le tank les a suivis pendant toute la route. Le canon pointe vers elle. Elle n'ose plus bouger de crainte de finir en morceaux. Finalement, c'est une petite porte juste à côté qui s'ouvre et laisse apparaître un homme ventripotent, court sur pattes, monocle à l'œil, droit et distingué, qui accueille Rosie. Le tank baisse alors son canon et fait demi-tour.

— La grande porte s'utilise uniquement pour les visites royales ou lorsque le maître organise une partie d'éléphoot. Vous êtes ?

Sans attendre sa réponse, le majordome enchaîne les explications tel un disque rayé qui, de temps en temps, lance un refrain. Il répète de le suivre de près au risque de se perdre dans la maison. Il rigole ou quoi, ce petit bonhomme ? Même s'il s'active comme un automate branché sur du 10 000 volts, en bafouillant ses bavardages tout essoufflé, il est si petit que Rosie doit ralentir pour ne pas lui marcher sur les talons. Le majordome discute avec lui-même, de la pluie sans le beau temps, de la longueur de la nuit, du mini-Soleil de son employeur, en somme, et comme tout le monde, de banalités, puisqu'il n'y a plus grand-chose à se raconter pendant la longue nuit.

À l'intérieur, le froid du dehors se fait vite oublier. Il fait bon. Et plus ils avancent dans le château, plus la chaleur se fait enveloppante. En passant devant un mur tapissé, Rosie marque un temps d'arrêt. Elle réalise que c'est un grand drap accroché au mur, le tissu est floqué d'un numéro 10, et avant qu'elle ne pose la question, le majordome ne manque pas d'y répondre, avec l'enthousiasme d'un admirateur :

— Bénis soient les Démons d'Arj-en-ville, cette équipe est l'un des meilleurs investissements de Monsieur Noé. Quand je suis tout seul, je peux m'extasier des heures devant le maillot de Dumbo Kylian numéro 10 ! C'est le maillot du meilleur joueur d'éléphoot de tous les temps. Depuis peu, on mentionne le nom de l'éléphant et le nom du jockey sur le maillot, parce que sinon les éléphants sont vexés, ils ne marquent plus et ratent même les penaltys.

Ils montent des escaliers et des escaliers, traversent des couloirs longs à l'infini, des pièces en si grand nombre que Rosie ne pourrait les compter même avec dix mains et vingt doigts à chacune. Les grands et les petits espaces se suivent, les atmosphères changent, notamment le parfum qui les accompagne. Mais une seule chose manque : aucune trace de présence humaine. Hormis des portraits et des peintures représentant le maître des lieux, pas de photo de famille, ni ami. Au moment où la fatigue commence à poindre, le majordome pile devant une double porte, sort un mouchoir et deux paires de lunettes de soleil. Il en enfile une et tend l'autre à son invitée.

— C'est bon, vous êtes bien protégée ? Attention les yeux !

Il ouvre cérémonieusement la porte en annonçant Rosie avant de se retirer d'un pas discret, épongeant son front en sueur avec un petit mouchoir. Noé ne détourne pas le regard à l'arrivée de la visiteuse. Il est concentré sur un plan qui accapare toute son attention, un immense document où est décrit le fonctionnement de sa plage suspendue : son prochain projet. Il siège au milieu de son laboratoire des solutions sans problèmes, où brille son Soleil artificiel, de la taille d'une bille, suspendu au plafond par un lustre ignifugé et auquel Noé prédestine un futur glorieux. Sa grande idée est de le dupliquer pour en vendre aux habitants en manque de lumière. Il a mis des années à donner vie à son Soleil, ses premiers châteaux ont été ravagés par les flammes à cause d'astres mal conçus et il a appelé dix-sept fois son chef de la sécurité pour virer ses dix-sept précédents ingénieurs. Tous ont dû fuir en courant, pourchassés par le tank.

Le dernier étage du château, où se trouve son laboratoire, respire la solidité. D'ailleurs, l'édifice entier a été conçu pour résister à tout, au froid arctique, aux éruptions volcaniques, tremblements de terre, vagues scélérates et tsunamis. Rien ne peut ébranler le château des quatre saisons. Noé est fier d'accueillir des classes d'élèves ou des chercheurs. Il préfère alors ne pas être là, les visites se déroulent lorsqu'il part chasser quelques jours au sud de son domaine.

La première impression à prendre corps dans la tête de Rosie : « Il me fait penser à ces gens décrits dans *Les Gens de la capitale*, ce livre que j'adore. Ils sont toujours pressés pour rien. » Noé rédige nerveusement les notes qu'il doit envoyer à son ingénieur, il pense à haute voix, répète la prochaine scène de licenciement puis griffonne tout excité ses fantasmes. Grâce à son mini-Soleil, il doit être la seule personne au teint doré de toute la région. Noé a la petite trentaine, il fait plus jeune que son âge, mais ses vêtements décontractés ne font pas de lui un surfeur. C'est un jeune loup des affaires, arrogant et impulsif, il a le débit qui mitraille et ne laisse pas aux autres le temps de finir leur phrase, persuadé d'avoir tout compris avant eux.

— Je ne veux pas qu'on revienne sur cette histoire de plage suspendue ! On m'enrhume, on m'enfume, on m'enclume avec des histoires d'eau salée, j'aurai ma plage, et assez d'eau pour amarrer ! Bientôt je vais me remettre en colère, je le sens ! Je vais faire une pause.

Il tape dans ses mains pour réduire la luminosité de son Soleil et s'adresse à Rosie en retirant ses lunettes.

— J'avais besoin de me sentir au mois de juin, le mois d'août finalement c'est étouffant. En plus, quand je commence à m'énerver, j'ai encore plus chaud. Et je n'aime pas avoir faim en même temps. Je travaille tellement que j'ai oublié de manger.

Noé rit de sa tirade, tellement qu'il n'arrive plus à parler, laissant Rosie dubitative. Avant même de la questionner sur la raison de sa visite, l'homme le plus riche de la planète demande à son hôte si elle a faim puis, sans attendre sa réponse, il claque des doigts. Le majordome déboule aussitôt avec une table roulante de cinq mètres de long, montée sur six roues. Rosie s'interroge… comment une table aussi chargée peut être poussée par un homme au si petit gabarit ? Dans un plat en platine trône un agneau farci encore fumant, entouré d'un grand choix de légumes de toutes sortes et cuits de multiples manières. Sur l'autre partie de la table repose un demi-thon découpé en une cinquantaine de tranches cuites en tataki, chacune épicée d'une façon différente. Paprika, piment, curcuma et une dizaine d'autres condiments offrent un florilège de couleurs et de parfums goûtus. L'œil du poisson perce Rosie, elle en perd l'appétit. Noé claque une seconde fois des doigts, le majordome s'enfuit alors à toute vitesse pour revenir avec une table aussi longue que la première avec des centaines de verres et de bouteilles empilées qui tiennent en équilibre par miracle. Alors qu'il invite Rosie à se mettre à table, elle lui fait remarquer qu'il y a trop à manger. L'homme le plus riche du monde lui rétorque que ce n'est pas son problème et qu'il a le droit de faire ce qu'il veut de ce qu'il a payé.

— Venons-en au sujet de votre visite. Qu'est-ce que vous pouvez faire pour moi ?

— Monsieur Noé, j'ai besoin de vous.

Quand Rosie prend son inspiration avant de poursuivre, le majordome accourt pour chuchoter à l'oreille de son patron qui enchaîne.

— Alors, madame, vous avez des informations ? Et je ne les ai pas encore ?

Rosie, pas préparée, se lance dans un discours alambiqué et improvise sur les plantes qui ne poussent plus, le froid éternel, la forêt des On-dit, mais surtout sa grande conviction : Noé a sûrement les moyens de ramener le Soleil.

— Vous pourriez peut-être, enfin je crois, ramener le Soleil en lui offrant une belle somme ou un salaire, ou lui faire une proposition qu'il ne pourrait pas refuser ?

Noé réplique d'un regard suffisant, faisant mine d'écouter. Rosie poursuit ses explications, mais la sonnerie d'une cloche la rend d'un coup inaudible, la grande porte s'ouvre, laissant surgir le majordome et deux agents de sécurité.

— Monsieur, le match va commencer. Une voiture vous attend pour donner le coup d'envoi, nous jouons à domicile.

Le petit comité s'engouffre dans les escaliers sans plus attendre, avant de se serrer les uns contre les autres dans la voiturette des invités. Noé est tout seul avec son chauffeur dans une berline qui les suit.

Le terrain d'éléphoot est aussi grand qu'un hippodrome. Il n'y a pas de tracé et des cages surdimensionnées ponctuent le champ de bataille. Le ballon orange dépasse Rosie d'une tête. Les deux équipes de sept éléphants chacune se font face, et seuls les deux chargés de l'engagement sont au centre. Ils barrissent tous en chœur sous l'emprise de l'adrénaline.

Alors que l'assistance prend place dans les loges officielles, Noé, sur le terrain, donne le départ, après s'être amplement disputé avec l'arbitre. Le match peut enfin commencer, le tremblement de terre reprend. L'arbitre, à deux doigts de se faire aplatir, arrive finalement à son banc, sain et sauf, pâle comme un cierge de Pâques. La balle passe de trompe en trompe. Certains joueurs se bousculent déjà. Noé est absorbé par la tension du match.

À l'occasion d'un coup franc, Rosie retente d'exposer sa proposition à Noé. Il commence à l'écouter, mais l'équipe adverse marque contre les Démons d'Arj-en-ville, ce qui met l'homme en rage. Il invective ses invités, le but est dû au manque d'encouragements, et aussitôt, tous les invités se mettent à pousser des cris de soutien comme si leur vie en dépendait. Rosie n'en peut plus, sa politesse prend le chemin de l'agacement, c'est alors que l'arbitre siffle la mi-temps et que, contre toute attente, Noé répond à Rosie.

— J'ai tout compris, madame, j'ai collé les petits bouts de tout ce que tu m'as raconté.

Sur un ton cynique, il raconte qu'il a déjà proposé au Soleil de lui offrir une galaxie toute neuve en échange de deux mois de présence au-dessus de chez lui pour vivre un été sur commande. Cela pendant une durée de cinquante ans. Le Soleil s'est moqué de lui et s'est sauvé il y a trois jours.

— De toute évidence on n'achète pas le Soleil, et dans sept minutes c'est la deuxième mi-temps.

Rosie est foudroyée par le mépris avec lequel il lui assène la nouvelle. Mais ce n'est pas tout, Noé surenchérit, il a une meilleure idée, il est prêt à la payer pour que Rosie soit son amie. Un job facile, il s'agirait de l'appeler de temps en temps, de s'inquiéter de son état de santé, de l'écouter plus d'une heure et trois minutes, d'évoquer la pluie ou le beau temps lors de déjeuners qui devront tous s'improviser à la dernière seconde et d'autres choses tout aussi conventionnelles pour Noé, loufoques et inédites pour Rosie. Au même moment, le petit majordome galope pour poser un contrat d'exclusivité sur le siège voisin de Rosie. Elle contient sa fureur. Finalement, Noé a eu de la chance de ne pas croiser Edmond. Elle se lève et lâche ses derniers mots :

— Monsieur, j'ai de la peine pour vous, moi, au moins, j'ai une famille.

Noé est outré, son assistance fait mine de n'avoir rien entendu mais jubile secrètement de ces pensées prononcées tout haut. Un but vient d'être marqué et tous les courtisans de Noé sautent de joie tandis que lui ne quitte plus Rosie de ses yeux noirs. Depuis qu'il est né, jamais il n'a été contrarié.

Sans crier gare, Rosie repart en sens inverse, un chauffeur la ramène à l'entrée du domaine. Trop en colère, elle oublie de saluer les deux soldats et leur chef, sa solution s'est écrasée sur elle-même tel un ballon dégonflé. L'argent n'est pas la clé et elle ne peut pas rentrer en ayant échoué. Elle récupère Harley. Direction le sommet de la colline. Là-bas, elle va sûrement trouver une idée, car le Soleil s'y accrochait du temps où il se levait tous les jours et la gardienne de la forêt pourrait lui faire un signe. Edmond lui a répété qu'elle pourrait être la solution…

Aube

Le flanc de la colline devient trop abrupt pour Harley. Rosie descend de son destrier et le pousse sans quitter des yeux les alentours, au cas où. Et puis, ça lui évite de penser. Mais c'est quand on fuit les pensées qu'elles finissent par envahir le cerveau. Elle a perdu son sac, la solution d'Edmond était loin d'en être une et il doit s'inquiéter. Les aiguilles de l'horloge continuent de battre la mesure, mais cette fois, la chanson va se terminer, le temps est compté. Rosie décide sur un coup de tête de couper par la forêt des On-dit et de longer la crête pour rejoindre le sommet de la colline. Ce ne sera pas long et elle croit savoir où elle va.

Le terrain est de plus en plus accidenté, peu de chemins se présentent, Rosie se faufile avec difficulté dans le sous-bois en portant Harley à l'épaule. Elle finit par tomber sur une ouverture, un arbre cassé qui va lui permettre d'éviter les ronces. Elle monte sur le tronc et avance jusqu'à rejoindre un chemin dégagé, elle lance Harley et saute. Mais alors qu'elle est en l'air, elle est prise d'un vertige et se trouve projetée dans le ciel, comme si elle tombait vers les nuages alors qu'elle chute. La forêt se renverse, le monde se retourne à la manière d'un sablier. La tête de Rosie tourne, elle se retrouve sur un talus, où elle voit les étoiles et juste à côté d'elle un feu follet dont les flammes dansent comme les bougies sur un gâteau d'anniversaire. Elle l'évite et remonte sur Harley pour poursuivre son périple, mais elle a beau rouler, le feu follet la suit, toujours à la même distance. Intriguée, Rosie pose un pied à terre et tente de s'en approcher avec prudence, mais la flammette s'éloigne aussitôt. Pendant une bonne dizaine de minutes, Rosie s'avance, jusqu'à ce que les bougies s'éteignent. Elle reste perplexe. Soudain, à ses pieds, la corolle d'un champignon brille, un peu plus loin, un deuxième et un troisième champignon scintillent, l'alignement des trois semble indiquer une direction en s'allumant et s'éteignant à tour de rôle. Rosie leur emboîte le pas en poussant Harley afin qu'il dégage quelques broussailles. Elle suit les lueurs jusqu'à l'entrée d'un petit bosquet, marqué par une concentration de champignons si dense qu'on dirait un paillasson de lumière. Les champignons laissent place à des vers luisants et des feux follets. Elle pénètre à présent dans un labyrinthe dont les vers luisants paraissent éviter les couloirs douteux. Entre crainte et fascination, Rosie se laisse porter jusqu'au dernier tunnel, dont la sortie augure d'une atmosphère chaleureuse.

En même temps qu'elle s'en approche, un léger parfum suspendu dans l'air se fait sentir, dont l'odeur s'intensifie à chacun de ses pas. Une avalanche de souvenirs lui revient. Elle a accompagné quelques fois son grand-père, il venait échanger des graines et des semences dans un jardin qui n'en finissait pas. À la sortie du tunnel, le chemin lui devient familier, elle remonte une allée accueillante bordée par des arbres en arc de cercle qui débouche sur une prairie rayonnante de laquelle émanent des effluves fruitiers. Des senteurs de citrons, d'oranges et de pommes. De l'autre côté de la prairie, Rosie aperçoit une succession de murailles en bois. Quand elle s'approche, elle devine qu'il s'agit de racines géantes, celles d'un triple séquoia d'au moins mille ans, un arbre dont personne ne connaît la hauteur. On dit qu'un jour un homme en est descendu avec des vêtements d'une autre époque, il y avait passé quarante-trois ans. On dit que ces arbres ont totalement disparu, mais la réalité est qu'ils ont appris avec le temps à rester invisibles de l'extérieur de la forêt afin de se protéger. Au pied du triple séquoia, un feu résiste avec hardiesse au froid, entouré d'un parterre de fleurs et de plantes variées dont toutes les feuilles sont tournées vers le brasier. Au milieu de cette nuit, dans cette prairie, règne une atmosphère d'oasis : une bulle d'oxygène, un appartement en plein air où tout semble avoir été aménagé par la nature, les larges feuilles d'une sorte de palmier abritent une petite cabane en bois, de vieilles souches d'arbres servent de table ou de lit, les rangements sont creusés dans la roche et l'entrée d'une grotte fait office d'intérieur. Le lieu est hors du temps, la nuit ne semble pas déranger les plantes, Rosie en profite pour cueillir quelques fleurs et admire son bouquet avec nostalgie.

Le feu crépite au milieu de la souche d'un grand arbre. Elle est si large que l'on peut s'y asseoir sans se brûler. Rosie s'y installe pour se réchauffer. Envoûtée par la danse des flammes, les récents événements défilent dans sa tête. Petit à petit, un écoulement d'eau se fait entendre et détourne son attention. C'est la maîtresse des lieux, Aube, assise avec nonchalance, qui emplit deux verres comme si elle attendait Rosie et comme si la jeune fille avait toujours vécu là. Elle met de l'ordre, semble préparer quelque chose avant de disparaître un bref moment pour réapparaître les bras chargés de fruits et d'un bol semblable à celui que Rosie a vidé à son réveil sur la souche. Ce détail fait sourire Rosie. Elle n'a pas fini d'être surprise. Aube porte une robe en patchwork : des lambeaux de tissus de couleurs et d'époques différentes, le coton blanc côtoie la laine bleue, traversée par un ruban rose en soie, et les manches en toile de jute. L'ensemble lui donne une dégaine d'épouvantail heureux avant le carnaval.

Aube s'assoit à ses côtés sans la saluer, elle attarde son regard sur le genou écorché de son invitée, le palpe. Rosie se retient d'exprimer sa douleur. Aube se lève et remplit le bol d'une terre ramassée dans un coin précis de son jardin, elle y verse des gouttes d'huile provenant de différentes fioles, y ajoute un peu d'eau avant de mélanger avec énergie jusqu'à obtenir la consistance désirée.

— Tu sais, ce n'est pas bon ça. Couche-toi là ! Tu crois que ça va se réparer tout seul ?

Aube pose le cataplasme en soupirant.

— Je n'ai pas perdu la main. Il faut que tu restes immobile une bonne demi-heure au moins.

Rosie s'exécute, hypnotisée par Aube.

— Tu as peu changé, comment se porte Eddie ? Prend-il toujours ses huiles ?

Devant l'air ébahi de Rosie, Aube se reprend.

— Ah oui, Ed-mond, il est guéri ?

Au silence de Rosie, Aube comprend que ça pourrait aller mieux.

— Bon, il n'a pas la santé mais il t'a toi.

— Bah ça règle pas tout, je sais pas quoi faire, moi…

— Nous ferons ce que les étoiles diront pour que la vie reprenne son cours.

Rosie se lève et dresse l'état de la situation sans se faire prier ni lâcher d'une semelle Aube qui l'écoute, en manipulant des feuilles tirées de la petite sacoche qu'elle porte en bandoulière. Elle ne semble pas surprise par les nouvelles mais feint de se montrer étonnée, avant de marquer un temps d'arrêt lorsque Rosie lui livre les raisons de son escapade. Aube explose de rire. Edmond aussi avait l'habitude de fuguer pour venir traîner dans la forêt, il rendait folle la grand-mère de Rosie. Elle poursuit avec un lot d'anecdotes sur la jeunesse de son grand-père, Rosie écoute, captivée par le passé d'Edmond qu'elle a du mal à imaginer jeune homme.

À la fin de son récit, Aube indique sans détour l'emplacement du Soleil d'un signe de la main.

— Mais tu sais bien qu'il se cache là-bas.

Rosie regarde dans la direction avec incertitude.

— Comment tu sais ?

— Tu sais bien ! Les plantes le savent depuis toujours.

— Comment ça ?

— Elles se parlent et je les écoute, mes pieds bien ancrés dans le sol… Tu sais bien ! Les plantes sont comme nous mais elles sont à l'envers. Ce que tu vois d'elles, c'est leur corps.

— Aaah, les tiges, le tronc et tout : c'est leur corps et leur tête est dans la terre ? Donc elles se parlent par les racines ?

Aube sourit de la sagacité de Rosie.

— Et tant qu'il y a de la terre, elles peuvent communiquer en une seconde à l'autre bout de la planète.

Rosie, rêveuse, se peint des tableaux drôles à partir de toutes ces descriptions. Elle s'invente des histoires. Un arbre se disputant avec un autre car les branches de l'un coupent le Soleil à son voisin, elle se voit chuchoter des mots rassurants à un arbre pour l'une des plantes du jardin d'Edmond et imagine la joie de son grand-père d'entendre son arbre à thé lui communiquer que tout va bien aller, malgré le contretemps.

La gardienne n'est pas du genre à se compliquer la vie, elle parle comme si tout ce qu'elle disait était acquis, ne pouvant concevoir qu'on puisse ignorer les choses essentielles. Toutes ses phrases commencent donc par « tu sais », ou « mais si, tu sais ! ».

— Tu comptes faire comment pour le Soleil ? Qu'as-tu décidé ?

La question prend Rosie de court.

— Je ne suis pas sûre encore, j'ai d'abord été voir Noé.

— Noé ? Il n'est pas méchant mais bon… ce n'est pas un bel homme ! Il a le cœur vide, alors il achète tout ce qu'il peut pour le remplir !

— Ah bon ?

— Ce qui compte c'est la beauté, ce qu'il y a là-dedans…

Aube se frappe la poitrine. D'après elle, si Noé avait été beau, il aurait peut-être réglé le problème avec le Soleil… au lieu de vouloir l'acheter. Rosie pense aussitôt au portrait de Vénus accroché chez elle. La femme la plus belle du monde. Cette femme qu'elle adore, qu'elle admire, qui l'inspire. Aube finit d'emballer un petit paquet de feuilles séchées.

— Tiens, tu garderas ça pour Edmond, il y a de l'harpago, de l'ashwa, de la baco et d'autres choses, tu sais, ça ira mieux, et après vous viendrez me voir.

— Papy t'appelle la gardienne.

— C'est un grand mot, disons plutôt que je fais attention à ma famille et elle me le rend bien.

Même si Rosie n'a pas croisé grand monde depuis son départ, Aube est la personne la moins inquiète qu'elle ait rencontrée. Quand Rosie lui demande si la situation solaire ne la dérange pas, elle lui répond que ça passera un jour ou l'autre, il n'y a que le jour pour chasser la nuit, et tout change tout le temps, il faut juste être patient.

Aube lui enseigne que la beauté de toute chose se trouve dans l'harmonie qui s'en dégage. Cela part toujours de l'intérieur : un bel arbre a toujours de bonnes racines. Cette vision de la vie tournicote dans la tête de Rosie, ses yeux s'allument. La solution lui tombe dessus comme une évidence. Elle en est sûre, elle vient de trouver l'idée qui la fera rentrer chez elle moins tard que prévu. C'est Vénus qui va ramener le Soleil. Ce regain d'énergie la fait bondir sur Harley, tout aussi prêt à mordre la route. Rosie fait ses adieux à Aube, qui lui confie de quoi grignoter en lui promettant de se revoir bientôt, et sans oublier surtout de lui indiquer le chemin pour ne pas se perdre.

Vénus

Alors que Rosie roule dans la forêt, une grosse voix l'interpelle, la voix d'un baryton accompagnée d'une ombre. C'est Crêpe, contrarié d'avoir gardé le sac de Rosie tout ce temps. Il a attendu qu'elle vienne le récupérer ! Elle est heureuse de remettre la main dessus et passe outre l'énervement de Crêpe.

— Merci, mon vieux.

— Je suis pas ton vieux. C'est compris ? Et tu fais quoi toute seule, la naine ? Tu vas où ? T'as pas de parents ?

— J'ai pas envie d'en parler.

— OK. Salut.

Crêpe se retourne, soulève sa cape et Rosie réagit.

— Je suis allé voir Noé pour réveiller le Soleil. Mais ça ne marche pas.

— Tu crois que tu peux réveiller le Soleil ?

— Non, pas du tout, mon vieux, mais je vais trouver quelqu'un pour le faire.

Elle lui détaille la raison de son périple et ce qu'elle a en tête. Crêpe veut être de la partie. Depuis que son ombre a disparu par manque de lumière, il ne fait plus vraiment peur à personne, il est à peine effrayant et chaque minute qui passe est une raison de plus pour se venger du Soleil. Bien que Rosie doute fortement du bien-fondé de son courroux, elle fait mine d'y croire pour ne pas le vexer. C'est surtout l'occasion de s'offrir un compagnon de route et un garde du corps. Son papy lui a toujours dit qu'à deux c'était mieux et, ensemble, ils l'ont déjà prouvé.

Les jambes de Crêpe étant trop longues pour que Rosie puisse le suivre à pied, elle enfourche son vélo. Avec son baluchon en bandoulière, dont les cordes croisent celle de sa gourde, on dirait une exploratrice en herbe, qui ne court pas après des reliques mais cherche à sauver le monde. Elle n'est plus une petite fille mais pas encore une femme, l'aventurière est à l'âge où la curiosité étouffe la pudeur, elle multiplie les questions à Crêpe. Lui s'agace, elle parle trop, ce que nie fermement Rosie. Parler trop, c'est parler pour ne rien dire. Mais là, elle pose des questions et Crêpe, carapaté dans sa sincérité brute, n'a pas l'habitude qu'une personne le mette en confiance. L'opiniâtreté de la gamine désamorce sa fierté.

— Dis-moi, Crêpe, ça t'embête pas qu'on ait peur de toi ?

— Bah justement, on m'embête pas !

— Mais du coup, tu peux pas te faire des amis ?

— Des amis ? Surtout pas. J'ai pas de femme, j'ai pas d'enfant, c'est que des ennuis. Regarde, toi, tu fais tout ça pour ton papy, c'est des problèmes, non ?

— C'est bien, une famille. Moi, je voudrais que mes parents soient encore avec moi… Tu te souviens de tes parents, toi ?

— Tout ce dont je me souviens, c'est une image avec des gens qui partent alors que je rêve. Au réveil, je me suis rendu compte que je ne rêvais pas, j'étais tout seul.

Rosie commence à cerner la personnalité de Crêpe, alors qu'il est encore plongé dans ses souvenirs. Pour changer de conversation, elle partage son projet : Aube a fait germer l'idée du pouvoir de la beauté.

Si on ne peut acheter le Soleil, on peut sûrement le séduire. Son plan consiste donc à convaincre Vénus, la plus belle femme du monde, de draguer le Soleil. Crêpe ne comprend rien aux idées de Rosie. La beauté est un concept qui lui échappe. À part prendre sa revanche contre le Soleil, rien ne l'intéresse. Il trouve plus judicieux d'utiliser la notoriété de Vénus afin de sensibiliser la population. Rosie ricane : Vénus n'a rien à voir avec une vedette commune, son apparence est plus influente que sa voix, nul besoin de l'écouter, il suffit de l'admirer…

Tout en débattant, les deux compères avancent vers Amourville. Le chemin le plus simple pour se rendre chez Vénus consiste à quitter la forêt, redescendre la route de l'ouest, longer la mer jusqu'à l'estuaire et remonter la Spline. Ou alors à quitter la forêt près du bar des Innocents et traverser la ville tout droit dans sa largeur. Un chemin plus court, plus dangereux, mais avec Crêpe, le danger existe peu.

La lune éclaire leur chemin, les deux complices marchent d'un pas soutenu dans les quartiers populaires, constitués de ruelles aux tournants hasardeux et de vieux bâtiments. Le nombre de fenêtres allumées indique qu'ils sont en journée. D'habitude, ce coin est un des plus animés de la ville. À l'époque où le week-end existait, la foule venue de toutes les régions se pressait entre les étals du marché aux puces et les marchands ambulants de produits de contrebande. À présent, les seules animations sont les petits groupes de badauds se réchauffant les mains autour de barils qui crachent des flammes. Rosie et Crêpe arrivent au parc Central où coule un ruisseau affluent de la Spline. Il sépare les quartiers privilégiés des autres. Le bruit de l'eau rappelle à Rosie sa maison et son papy qui doit se faire un sang d'encre. Elle est partie bien plus longtemps que prévu.

Crêpe grommelle qu'il a été moqué, lui, « l'ombre de la forêt », le seul capable de châtier le Soleil pour son manque de courage, par une simple jeune fille. Rosie soutient l'idée de son papy selon laquelle toutes les peurs sont justifiées, mais que la plupart sont dans la tête, alors il suffit de voir les choses du bon côté pour que la peur se transforme en curiosité. Elle prend Crêpe en exemple : par certains côtés, il est drôle ! N'ayant pas l'habitude des compliments, il répond par une grimace qui fait rire Rosie.

Sortis du parc Central, ils arrivent à Genzalez. Les rues sont plus larges et droites, les maisons de plus en plus charmantes. Après avoir traversé le pont du ruisseau, on peut admirer les grandes bâtisses au loin.

Rosie croit reconnaître la demeure de Vénus, une maison toute simple sur deux étages avec un jardin étrangement fleuri. À l'entrée, Rosie est stupéfaite : aucune des fleurs sur le sol n'a poussé ici. Le parterre est en fait recouvert de bouquets de différentes fraîcheurs probablement offerts par quelques admirateurs, certains sont accompagnés d'une enveloppe fermée. De son côté, Crêpe s'invente un rôle de protecteur, il décide de rester à l'extérieur pour monter la garde. Même si le danger ne court pas les rues, on ne sait jamais. Lui sait que le danger galope vite, alors il laisse Rosie frapper à la porte et s'éloigne discrètement.

Rosie est tellement intimidée que, juste après avoir toqué à la porte, elle songe à fuir. La porte ne s'ouvre pas, elle se retourne, Crépuscule fronce les sourcils. Par un signe de tête, il lui ordonne de toquer de nouveau. Elle s'exécute, Crêpe murmure « plus fort », Rosie pose trois coups lourds. Ses genoux tremblent, elle va faire demi-tour, mais c'est trop tard, Vénus a juste pris son temps pour ouvrir. Elle scrute les alentours avec beaucoup de méfiance avant de faire signe à Rosie d'entrer. Elle tient entre ses lèvres un fil attaché au chas d'une aiguille. Dans son petit atelier de couture, des centaines de vêtements somptueux sont suspendus à des tringles. C'est un temple secret de la mode, un musée inconnu, que Vénus garde pour elle. Elle y vit heureuse, elle y vit cachée.

Rosie s'imagine avec ces costumes sur les épaules. Avec cet uniforme rouge et bleu de cavalerie décoré de gros boutons et de liserés tout dorés dont les épaulettes à franges ressemblent à de gros peignes pour bébé. Elle se voit aussi vêtue de cette sublime robe de défilé, dont le tissu semble composé de centaines de petites cordelettes bleu saphir serrées par une colle invisible à la taille, puis indépendantes les unes des autres jusqu'aux chevilles. Rosie est prise d'un fou rire lorsqu'elle imagine Edmond dans cette robe.

La splendeur de ses vêtements donne une idée des doigts de fée dont Vénus a été dotée. Ses cheveux sont un mariage de rouge et de bleu sans être violets, ils tombent sur ses épaules en cascade, comme une chute d'eau, ses oreilles percées avec élégance offrent une écoute qui ferait parler un chien, ses mains délicates donnent l'envie de la laisser jouer du piano sur son dos, ses yeux clairs sont un doux piège pour n'importe quel gentilhomme fragile, c'est peut-être la raison pour laquelle elle arbore un masque en guise de dernier rempart, un masque de loup en cuir blanc, surplombant des pommettes bien équilibrées. Et tout ce qui entoure ce morceau de cuir est si rayonnant que finalement le masque n'est pas de trop.

Rosie arrive à point nommé pour sa pause, elle interpelle son hôte sans savoir qui elle est.

— J'ai mis du temps à ouvrir car je suis sur un ourlet compliqué, une robe à terminer pour un mariage, je dispose d'un délai car ils ont repoussé la cérémonie pour le retour du jour. C'est bien que vous soyez là, je vais respirer un peu.

Par politesse, Rosie ne lui coupe pas la parole, mais Vénus comprend sa méprise, elle confond Rosie et la fille d'une cliente. Vénus saisit une bouteille de spiritueux, boit une gorgée au goulot, puis remplit un verre pour Rosie. Au refus de son invitée elle le vide d'un coup. Rosie est stupéfaite, Vénus ressemble de moins en moins à la femme qu'elle adulait.

S'ensuit un silence où la jeune fille attend de trouver quelque chose à dire pendant que Vénus s'occupe à ranger des bobines de fil, à repasser des pantalfûts, des chemises mousquetaires, à souffler sur des poussières. Bien que la maison soit remplie de vêtements tous plus sublimes les uns que les autres, Rosie sent également le vide qui y règne. Ça la perturbe. Comment la femme la plus belle du monde peut-elle être aussi seule ? La question la turlupine et, pour le découvrir, elle laisse traîner ses yeux dans tous les coins de la maison. Vénus la rappelle à l'ordre.

— Alors, vous êtes venue déposer des fleurs ? Un cadeau ?

Rosie fait non de la tête. Vénus devient moins accueillante d'un coup.

— Bah alors, t'es qui ?

Vénus se lève d'un bond et jette un regard noir à sa visiteuse. Rosie n'avait jamais vu sur aucune photo ce visage de Vénus. Charlatans de photographes !

— Madame, j'ai déjà traversé la forêt deux fois, autant dire l'équivalent de la distance de la Terre à Saturne, je ne bougerai pas ! J'ai pas de fleur, mais j'ai mieux à vous proposer !

— Eh ben, t'as du culot, toi !

Vénus se retient de rire. Jamais aucun admirateur ne s'est adressé à elle de cette manière, tout le monde met son masque avant de lui parler. L'impertinence de la jeune fille aiguise sa curiosité.

— Et d'abord, comment pouvez-vous être aussi seule ? Moi non plus, je n'ai pas beaucoup d'amis, mais je ne suis pas aussi jolie que vous.

Rosie a visé dans le mille, Vénus s'adoucit.

— Tu viens de citer la raison pour laquelle je n'ai pas d'amis. Dès qu'une femme s'approche de moi, elle se compare, c'est pire si elle n'est pas seule. Et les hommes, n'en parlons pas. Cette beauté, il faut la porter.

— J'ai failli ne pas venir vous voir, je pensais que vous seriez difficile à atteindre.

— C'est ce que beaucoup pensent, soit je suis un sommet soit je suis une idiote.

Rosie ne peut s'empêcher de fixer la bouche de Vénus. La beauté se frotte les lèvres, puis vérifie qu'un bout de repas ne se loge pas entre ses dents, mais elle n'est pas rassurée pour autant, elle se saisit d'un miroir. Rosie lui demande amusée comment ses lèvres brillent sans éblouir et surtout sans rouge à lèvres.

— Tu ne sais pas ça ? Ce n'est pas du rouge à lèvres mais ça s'utilise comme. C'est de l'invisible, ta maman n'en met pas ?

Un soupçon de tristesse s'imprime sur le visage de Rosie.

— Non… ma maman est morte quand je suis née…

Pour se rattraper de cette question, Vénus poursuit :

— En tout cas, elle a laissé une très belle personne sur terre.

Le sourire de Vénus lance dans la petite pièce un éclair qui gambade avant d'entrer dans la tête de Rosie. Ragaillardie, la jeune fille détaille son projet de conte de fées avec un enthousiasme contagieux qui conquiert Vénus. Il s'agit d'organiser une rencontre avec le Soleil, rien qu'une fois. S'il tombe amoureux d'elle – ce dont Rosie ne doute pas –, c'est sûr qu'ils finiront par se marier, et tout Amourville les acclamera sur la route de leurs vacances en reconnaissant les mariés qui auront ramené la lumière. Ils vivront sur le sommet de la colline et se coucheront tous les soirs heureux de la douceur de la nuit à venir.

S'imaginant au bras d'un rayon du Soleil, Vénus rêve. Bien sûr, Vénus aime le Soleil, elle aussi manque de lumière pour son travail et ne peut même pas profiter de cette longue nuit pour se promener tranquillement en ville. Mais après avoir courtement réfléchi, elle émet les doutes que lui suggère cette idée. Rosie ne se rend pas compte du péril. Elles pourraient brûler en s'approchant du Soleil et, de plus, même si elle arrivait à séduire le Soleil, à vivre passionnément avec lui, il pourrait devenir jaloux de l'amour que tous ses admirateurs portent à Vénus et cramer toute la galaxie.

La jeune fille est déconcertée. Comment ne pas profiter de cette occasion de rencontrer la lumière en personne, et par là même de sauver la planète de la nuit éternelle ?

— Il suffirait que tu enlèves ton masque quelques secondes, juste le temps de l'éblouir.

Cette image fait sursauter Vénus qui repense à la dernière fois où elle a commis cette erreur. Elle avait retiré son masque au marché pour essuyer une larme de joie et avait provoqué une émeute. Vénus s'affaire un peu plus vite dans le rangement de son atelier et lui lance :

— Tu es encore jeune, mais tu comprendras qu'il n'est pas aussi simple de s'attacher à n'importe qui soudainement, j'ai déjà une vie bien remplie…

— Avec quelqu'un peut-être ?

— Je préfère le bonheur de la solitude plutôt que le malheur d'une vie mal fagotée.

— La prochaine fois sera la bonne, je le sais !

Vénus s'assoit et ouvre la bouteille derechef en réfléchissant, avant d'abattre sa dernière carte.

— Désolée, ma grande, je ne viendrai pas avec toi, j'ai des commandes à livrer et, vraiment, ça ne m'intéresse pas de cuire comme une dinde pour tes beaux yeux.

Cette réponse laisse Rosie sur le carreau. Elle se gratte la tête, ses yeux repartent dans tous les sens et s'arrêtent sur la porte, ce qui lui fait penser à Crêpe. Elle est trop près du but. Investie d'un regain d'aplomb, elle se lance dans une ultime tentative de la convaincre.

— Je veux faire un pari avec vous : je parie que je connais un homme qui ne tombera pas amoureux de vous.

— Dis-moi tout de suite ce que j'ai à gagner, car c'est ce qui va se passer.

— Tu connais Noé ? improvise-t-elle sans aucune conviction.

Heureusement Vénus, qui s'est mise à rire avant la fin de la proposition, n'a pas entendu la réponse de Rosie. Quand elle termine de s'esclaffer, Rosie commence à perdre patience. Vénus n'est pas plus convaincue, elle passe de la poule au canasson, tout en la raccompagnant habilement vers la sortie. Quand Vénus ouvre la porte, elle sursaute en tombant sur une deuxième porte sombre : le dos de Crêpe. Il se retourne, Rosie le présente comme un ami, Crêpe enchaîne :

— Je suis Crépuscule, fils des ombres, origine de toutes les peurs, plus obscur que le sombre.

Vénus l'observe, c'est comme s'il ne l'avait pas vue. Alors elle s'interroge sur cet homme, qui est-il ?

Pourquoi ne succombe-t-il pas comme les autres ? Et mille autres questions en l'espace de quelques secondes. Elle vient de s'attacher à lui et au défi qu'il représente. Sans attendre, elle rassemble quelques affaires.

Ce béguin inexplicable et soudain de la belle pour l'ombre tombe comme une bénédiction, mais l'euphorie ne dure qu'un temps. Dans sa négociation, Rosie s'est trop avancée ; il n'était déjà pas aisé de convaincre Vénus, mais c'était sans compter l'autre partie du contrat : pour lui présenter l'astre, il faudrait déjà le trouver. Elle partage son embarras avec Crêpe.

— Non mais tu rigoles !? Si on savait où était le Soleil, je serais déjà en train de le catapulter, de le transformer en glaçons et d'en faire un bonhomme de neige… mais on ne sait pas où il se planque !

Ils s'auscultent à tour de rôle, chacun dans ses pensées, Rosie dans son pétrin, Crêpe cherchant une solution et Vénus toujours plus sensible à la personnalité de Crêpe qui ne remarque rien. Le regard de la belle est insistant, ce qui ne rassure pas Rosie, qui improvise. Ils pourraient se rendre au sommet de la colline et attendre que passe le Soleil, ou l'appeler tous les trois jusqu'à ce qu'il vienne. Toutes ces idées saugrenues sont coupées net au moment où l'ombre prend la parole :

— Je sais qui peut nous aider, mais c'est pas sûr parce qu'elle est spéciale… allons voir Ilra !

— Parfait ! s'exclame Rosie qui n'a aucune idée de qui elle est.

Ilra

Par rapport à Crêpe, Harley est le parfait compagnon. Un *perfecto amigo*. Il avance quand on pousse la pédale, il s'arrête quand on freine, il est toujours de bonne humeur, s'enthousiasme à chacune des idées de Rosie et la promène sans bougonner. Le gaillard à côté d'elle, au contraire, possède le don de transformer tout voyage en galère. Un grand gars aux très mauvaises vibes. Il commente le monde avec des mots si sombres qu'ils pourraient éteindre les lumières d'une ville, et la présence de Vénus n'y change rien. D'un coup, il ordonne de ne plus avancer, scrute et jette un regard de dictateur aux filles. Il s'arrête n'importe où pour guetter ce qu'il cherche, impose de rester immobile, à l'affût d'un son, le doigt devant la bouche, tel un chasseur indien pistant sa proie, s'accroupit et pose une oreille sur le sol.

À chaque fois qu'il les stoppe, que ce soit devant une clairière, au bord d'un étang ou au pied d'un grand rocher, Vénus est fascinée par la concentration de Crêpe. Rosie hésite à lui demander : « Qu'est-ce que tu fais ? » Elle sait qu'il répondra : « Je cherche Ilra, et comme elle est du genre à rabouler sans prévenir, je tends l'oreille. » Mais comme il risque de péter les plombs si elle bouge le moindre cil, elle garde ses questions et ses doutes pour elle et le suit sans tortiller.

Arrive le moment qui devait arriver, Crêpe estime qu'il a suffisamment cherché dans le vent pour aujourd'hui, il décide de poursuivre sa marche jusqu'au soir, sans destination, sans rien dire non plus. Il ne sait pas où il va mais il y va. De toute manière, cet homme-là n'a pas besoin d'un lieu pour vivre, c'est un vagabond, un nomade, et les poches larges de son manteau sont sa caravane.

Rosie a l'impression qu'ils viennent de passer deux fois devant le même clocher. Mais elle garde son impression pour elle. Vénus aperçoit les bois pour la deuxième fois devant le bar des Innocents, mais chut, mieux vaut ne pas énerver Crêpe, ils retournent donc en direction de la forêt. Les genoux de Rosie commencent à grogner et Vénus a mal aux pieds. Alors qu'ils paraissent paumés, la voix pénétrante d'une femme embaume le silence. « Quand la cueillette est bonne… Quand la cueillette est bonne, bonne, bonne… »

— C'est Ilra.

— Où ça ?

— Elle est en route, on va attendre ici.

Rosie cherche à attraper le regard de Crêpe pour savoir s'il est sûr de ce qu'il dit. Crêpe ne pipe mot. Et quelques minutes plus tard, Ilra apparaît. Personne n'aurait pu la manquer. Elle porte un tricorne blanc surdimensionné, surmonté de longues plumes de cygne, de petites lunettes aussi rondes que son visage poupon, qui la rajeunissent d'une quarantaine d'années. Son tailleur en flanelle blanche aux manches bouffantes et au col relevé l'empêche presque de voir sur les côtés et les flammes violettes cousues sur ses épaules donnent du volume aux grands gestes qui accompagnent ses paroles.

— Hé ho !! HÉ HO !! Crouepe, mon ami ! Crouepe ! Ça fait quinze printemps que je t'ai pas vou, comment tou va ? Mais tou n'es pas seul !

Avant que Crêpe ne réponde, Ilra poursuit son monologue :

— C'est tes friends ? Tou a des amis toi, Crouepe, Misteur Movez' Ambiance ? C'est new, c'est fantastique !! C'est quoi ton name ? Et toi ma beautiful ? Qu'est-ce tou es pas vilaine, moi je m'appelle Ilra !

Rosie et Vénus sont aussi amusées qu'hébétées par le spectacle de cette femme haute en couleur. Avec sa manière de parler, c'est à se demander si elle ne tourne pas dans les cirques, les théâtres ou les marchés. Au moment où Crêpe s'apprête à prendre la parole, Vénus et la maîtresse des lieux entament un débat sur la résistance des tissus au lavage. Ilra soutient qu'elle lave souvent son short en textile cartonné quand Vénus la contredit et souligne la perte de teinte à l'eau, le débat dure jusqu'à ce que Vénus demande l'avis de Crêpe : fin de la discussion.

— Venez, on va manger. Christine, tou aimes les frouits ?

— Moi, c'est Rosie.

— D'acorde, Mona. J'habite jouste à côté, venez ! Viens ma beauty.

Ilra n'attend pas Crêpe et attrape la main de sa chouchou Rosie, pour parcourir la cinquantaine de mètres qui les séparent de la petite clairière où ils s'étaient arrêtés auparavant, à présent illuminée par des loupiotes suspendues dans le vide.

L'atelier d'Ilra est un bric-à-brac rempli d'amulettes, de vieux portraits accrochés aux arbres, d'ossements, de marmites en train de cuire sur le feu. C'est d'autant plus fou que cet atelier n'était pas là une demi-heure plus tôt. À peine entrée, Rosie saute sur les fruits, comme envoûtée par une faim de crocodile, comme si elle n'avait pas mangé depuis la dernière apparition du Soleil, comme s'il s'agissait de son dernier repas, comme si le jus qui dégouline le long de ses doigts et de ses manches allait nourrir le bas de son pantalon. Pendant qu'elle engloutit kiwis, kakis, litchis et bergamotes, Crêpe se mue en chef de mission et expose à Ilra les raisons de leur visite en insistant sur son désir de vengeance plus qu'autre chose.

— Il faut que tu m'aides, Ilra, invente-moi un sortilège, j'attraperai tous les crapauds de la terre si tu veux.

La magicienne écoute avec attention, en ponctuant chaque péripétie d'un « Ma oui », tout en étant concentrée sur autre chose. Elle fait tourner la paume de sa main au-dessus d'un cylindre en bois posé au sol et accompagne ses grigris d'incantations chuchotées. Rosie s'amuse de cette femme qui roule les « r » comme des cigares, s'exprime avec un accent arabo-espagnol relevé de mots d'anglais et qui prononce tous les « u » comme des « ou ». Une mélodie venue de nulle part se fait entendre, les paroles deviennent distinctes, le timbre de la voix fait penser à un chat, mais personne n'apparaît.

Chantons ensemble
Quelle que soit notre taille
Que s'y mettent les enfants
Pour que bouge la montagne
Pouvoir passer
Du carré à l'ovale
Sans rien casser
Et la joie est totale

Ce passage de la chanson intrigue Rosie. Elle se remémore une histoire que lui racontait son grand-père au sujet des rituels que pratiquaient leurs ancêtres en l'honneur du Soleil. Elle imagine des milliers de personnes en train d'appeler le Soleil en chantant, toutes ces voix qui sonneraient faux et l'astre qui se boucherait les oreilles. Ce petit rêve éveillé amuse Rosie, quand un matou arrive et brise le songe.

— Oh, un chat noir !

— Bah quoi ? C'est un chat, répond Crêpe.

— Mais il est noir !

— Bah il fait noir !

Devant la banalité de sa réponse, elle bafouille.

— Ça porte malheur.

— Noir, jaune, blanc ou rose, ça reste un chat.

Alors que le chat s'approche d'Ilra en miaulant avec férocité, elle lui balance un coup de pied assorti d'une série d'injures, elle s'excuse de ce mouvement belliqueux et reprend sa bonne humeur aussitôt.

— Prêtez pas attention, c'est Cinno moun mari ! Il n'aime pas que je fasse li concours de magie ! Il est jealous ! Alors pour protester, il se transforme en animal, last time c'était en chameau ! Il crachey partout, mais là en plus il fait la grève de la faim, il mange pas, mais qu'est-ce qu'il grossit !

Rosie, prise d'empathie, s'approche du chat.

— Ce n'est pas fatigant d'être un chat pendant cette longue nuit ?

— Pourquoi ?

— Parce que vous devez chasser tout le temps !

Le chat se met à rire et lui répond en parlant de lui à la troisième personne.

— Le chat Cinno ne s'ennuie jamais, bien au contraire. La nuit, tous les chats sont gris, et je ne suis prisonnier d'aucune superstition. Je suis libre d'être qui je suis.

Sur ce, le chat Cinno part en remuant la queue et en chantant « Cha Cha Cha » alors qu'Ilra continue son tour de magie. Elle écarquille les yeux pour effrayer le cylindre, elle s'en saisit comme pour le briser puis le repose avec douceur et, lorsqu'elle ouvre ses bras, des étincelles en jaillissent, suivies d'une fourmilière de papillons blancs qui s'éparpillent et donnent l'illusion d'une tempête de neige. Ilra tape du pied par dépit, elle s'attendait à une explosion de milliers de colombes, alors elle se précipite sur un grimoire posé sur une table proche et hurle après avoir lu la page

— Ilra, tu es avec nous ? insiste Crêpe. Je te dis qu'il faut que tu nous aides, Vénus doit rencontrer le Soleil.

Vénus prie de tout son cœur pour que ça n'arrive pas.

Ilra revient dans leur monde.

— Yes, tou vas l'aider, mais moi je fais quoi, i don't know du tout, il devait sortir des milliers d'oiseaux blanches !

— Ilra, il faut qu'on trouve le Soleil !

— Le Soleil ? Toi ou Rosie ? On verra !! Rosie verra le Soleil ! C'est tout ce que tou veux !? Et moi, mon concours de magie ?

— Attends attends, on te parle de Vénus, rappelle Rosie.

Ilra prend un air très grave puis enchaîne, ses yeux font des allers-retours entre Vénus et Crêpe.

— Vénousse ? Ma tou es fou, Suzanne ! Si le Soleil tombe amoureux, il n'aura d'yeux que pour elle, il concentrera toute son énergie sur elle. Il n'en restera plus pour les autres, il risque même de vouloir partir ailleurs afin de ne briller que pour elle.

— Je m'appelle Rosie.

— Et imagine qu'il soit jealous, j'ai connu des hommes jealous, ils sont incredible d'abord, ensuite ils deviennent la source de leur malheur, et s'il know que Vénousse love Crêpe, il pourrait partir dans une grande colère noire et brûler tout l'univers… à cause de toi ? dit-elle en ouvrant les bras et mimant une explosion.

— Vénus est amoureuse de Crêpe ? Pourquoi tu dis ça ?

— Je sais tout.

Puis, baissant d'un ton et se rapprochant de l'oreille de Crêpe comme pour délivrer un secret.

— Je sais aussi que la pitite là t'aime beaucoup.

Rosie est confuse, Vénus fait sa midinette. Contrarié, Crêpe feint de ne pas entendre, il tente de changer de sujet

— C'est pas ce que je t'ai demandé !!

— Si ! Crouepe, il est toujours bad houmeur, toi tu es incroyable ma Jouliette ! Tou va m'aider à mon tour de magie et je vais te montrer des troucs, un peu comme papy.

— Je m'appelle Rosie.

— D'accord, Fatma.

Ilra explique qu'elle prépare un tour pour le concours de grande magie qui se déroule tous les cinquante ans. Elle aime répéter avec fierté une petite blague qui explique son échec lors du dernier concours.

— J'ai manquey la troizième place de jousteysse et j'ai fini seconde, puis elle se met à rire comme une tronçonneuse avant d'être rattrapée par Crêpe et son impatience.

— Bon, tu peux pas nous aider, hein ? C'est ça ?

La maîtresse des lieux ôte la marmite du feu, puis lance de nouvelles incantations les mains jointes, sans lâcher les flammes du regard. Elle tire de son sac une poignée de poudre qu'elle jette dans le feu. Une épaisse fumée s'en dégage, Crêpe se frotte les yeux, Vénus se cache derrière un éventail et Rosie est prise d'une soudaine toux dont les quintes secouent tout son corps. La magicienne reste impassible, les yeux hagards fixant ce qu'il reste de poudre. Après quelques longues secondes, une étincelle monte à la hauteur du nez de la magicienne, suivie par d'autres luminescences, la terre se couvre de petites lumières, tous les vers luisants du coin se mettent à briller de concert, transformant le sol en ciel étoilé. À l'endroit du brasier, commence un lent feu d'artifice, des cercles de toutes les couleurs, des petites explosions provoquant des cascades de lumières. Ilra n'a pas bougé d'un pouce, concentrée, en transe, les cheveux tirés vers l'arrière et, lors d'une bourrasque, son tricorne s'envole.

— Il est grand ! Grand ! Tou vas voir… tous va le voir !! Il sera de toutes les couleurs !! Tou es l'élou, tou es célèbre !! Tout le monde connaît toi !!

— Il n'y a pas de loup ici, Ilra.

— Tou auras pas peur, mais laisse-les partir, et tou vas le voir et lui donner le message, c'est toi ! Il faut loui dire, que tou veux son bien, c'est toi l'élou, il y a vieux monsieur ! Much happy !

Le spectacle prend fin d'un coup, comme si on l'avait éteint à la télécommande, et Ilra revient parmi eux.

— Ma petite ! Toumorrow tou verras le Soleil, il viendra demain morning, au matin vous ferez la fête, là-haut, et il y aura plein de gens et vous allez dance ! Ça sera faboulous tou verras, mais avant on va dourmir, faire les rêves et demain le Soleil !

Rosie n'y capte à moitié rien, mais l'enthousiasme de la fin de phrase la remplit d'espoir. « Demain le Soleil », ça faisait bien longtemps qu'elle n'avait pas ressenti la satisfaction de la certitude d'un lendemain ensoleillé. La magicienne souriante lui précise sa vision.

— Demain au réveil, pendant quatre saisons tou résisteras !! Tou verras !! Tou es forte.

Quand Ilra leur souhaite bonne nuit, ils l'entendent mais ne la voient plus. Le silence change de ton, l'atelier de la magicienne a disparu, ils sont dans la prairie à présent. Le trio se remet du spectacle auquel ils viennent d'assister. Vénus se rapproche de Crêpe avec tendresse, prétextant un froid glacial, l'ombre lui tend sa cape. Rosie bâille trois fois et laisse Crêpe se lancer à la recherche d'une nouvelle idée. Puisqu'Ilra n'a rien pu faire, ils ne peuvent compter que sur eux-mêmes et trouver la voix qui va parler au Soleil. C'est la seule solution. Il continue sa diatribe sans se soucier d'être écouté. Vénus dort déjà et Rosie se réveille toutes les deux minutes en niant s'être assoupie. Crêpe décide de la laisser à Morphée et de veiller sur le feu.

Quand Rosie ouvre les yeux, les braises s'éteignent lentement devant elle et Crêpe est couché les yeux fermés, Ilra n'est plus là, elle ne va jamais revenir. Le Soleil non plus n'est pas revenu et Vénus ne sait plus si la veille s'est réellement passée. Rosie demande son avis à Crêpe sur la parole magique qui ramènerait l'astre. Elle repense au chant du chat Cinno et à l'idée de Crêpe, les deux se regardent et citent un nom en chœur : Famos ! Vénus se tape le front en signe d'approbation.

La célébrité de Famos est si légendaire que même Crêpe en a entendu parler. Alors qu'ils sont en route et que Crêpe peste contre la magicienne, contre la nuit, contre la seconde traversée de la ville afin de rejoindre Genzalez, Rosie est prise d'angoisse. Si elle échoue encore et que la nuit s'allonge, son papy ne tiendra pas le coup. Cette pensée l'abat sur place. D'un coup, sa quête devient vaine. Il faut passer voir Edmond.

— Crêpe, je vous laisse avancer et je vous rejoins à l'entrée de Genzalez.

Crêpe accède à la demande, Vénus n'est pas dérangée par cette idée qui ressemble à une dernière aubaine de séduire l'ombre, elle va jusqu'à encourager Rosie à ne jamais laisser un vieil homme seul, et voilà que Rosie pédale de toutes les forces que ses mollets peuvent lui prêter.

Quand elle arrive dans sa rue, elle reconnaît l'arbre le plus haut de son jardin. Elle laisse Harley au portail et, après avoir vérifié ses affaires, elle contourne le potager aussi morne que le reste des plantes. Malgré ce constat, son chez-elle lui a manqué. La flamme d'une bougie dans la cuisine atteste d'une présence. Marchant accroupie, elle arrive à se hisser discrètement à la fenêtre de la cuisine… il n'y a personne. Elle fait le tour vers la baie du salon, personne non plus. Elle décide d'ouvrir la porte d'entrée afin d'en avoir le cœur net, qui pour l'instant s'emballe plus qu'autre chose, elle se retient de presser le pas pour ne pas réveiller Edmond au cas où il dormirait. La porte de sa chambre est entrouverte, mais le lit est vide. Son cerveau ne fait qu'un tour, où peut-il être ?

Rosie se tourne vers sa propre chambre. En ouvrant la porte, elle découvre son lit occupé par… Edmond. Il dort à poings fermés et lance même un ronflement d'accueil.

Papy a l'air d'aller bien, c'est tout ce qu'il lui fallait, elle reste cinq bonnes minutes à le regarder. Elle dépose les plantes que lui a données Aube, l'embrasse sur le front et laisse un petit mot avant de retourner rouler en ville.

« Papy, tout va bien. Attends-moi. »

Famos

Rosie arrive haletante à l'entrée du quartier de Genzalez. Crêpe se tient droit comme un poteau, il est seul. Il n'avait pas assez soif pour un dernier verre et, vexée, Vénus s'en est allée sans demander son reste.

— Elle est où, Vénus ?

— Elle est partie.

— Bah pourquoi ?

— Tu lui demanderas.

— Qu'est-ce que t'as fait, Crêpe ?

— Elle voulait boire un verre, moi pas.

— Et ?

— Elle a insisté, j'ai compris qu'elle voulait m'ensorceler, elle m'a gonflé et quand je gonfle, les gens ont peur.

Rosie soupire. On dirait un enfant. Mais peu importe, il faut avancer.

Le quartier de Genzalez s'étend au sud-ouest d'Amourville, il est bordé par la Spline, et c'est là que s'est tartinée la crème de la crème de la haute société : Famos le fameux, mais aussi l'onctueuse Coco, la copine de Rosie, qu'elle n'a pas vue depuis que l'école a fermé. Le mieux serait de passer la chercher pour gagner du temps. Elle doit connaître le fameux Famos, ils sont voisins après tout. Sauf que celle-ci est très bavarde et Rosie hésite. Surtout, Crêpe est encore marqué par le fiasco du bout de chemin avec Vénus et n'est pas prêt à subir une autre présence de sitôt. Rosie le piège et le met devant le fait accompli. Ils sont devant la maison des Nelcha, là où vit Coco, et Rosie n'a pas le temps de sonner qu'elle entend la voix de son amie, suivie d'un cri de joie strident. Un large sourire se dessine sur son visage, son amie bondit dans ses bras et, après qu'elle lui a expliqué les raisons de sa venue, Coco se fait un plaisir de les guider. Mais maintenant qu'elle les a rejoints, le silence s'est suicidé, on dirait que la respiration de Coco va s'arrêter si elle se tait, elle profite de l'occasion pour faire visiter son quartier à Rosie. Crêpe bouillonne, il compte tous les coins de rue qui mènent à la villa de Famos.

Quand ils arrivent, il y a foule.

— C'est la Foule, précise Coco. D'un côté, il y a les pour, de l'autre les contre Famos. Eux sont des languistes. Ils obéissent à une croyance selon laquelle la langue est un organe sacré. Elle a été donnée pour se nourrir, boire et louer les grâces de « la langue sacrée », celle qui a postillonné nos ancêtres sur Terre.

Au pied de la grande villa rose de Famos, des petits groupes de personnes campent au milieu de la rue, d'autres gesticulent armés de pancartes et de banderoles dans un brouhaha ininterrompu, guidés par un prêtre languiste qui psalmodie contre le démon Famos. Tout ce remue-ménage barre l'accès de la maison mais conforte Rosie dans son idée : l'influence de Famos sera la clé pour mener à bien son projet.

— Hé Coco, c'est qui ce prêtre ?

— C'est un languiste. Il peste contre l'usage profane de la langue par Famos et, avec ses fidèles, ils veulent lui faire la peau.

Dans la Foule, les débats font rage, les uns hurlent leur admiration, les autres leur détestation, et à cette époque où rien ne se passe pour personne, tout ce spectacle ne rend Famos que plus populaire encore. Après une demi-heure de ces échauffourées, trois fenêtres de la maison s'allument et transforment les cris en murmures. Pssst, pssst, pssst. La porte d'entrée s'ouvre, un halo de lumière en jaillit, on se croirait dans une comédie musicale, ou dans une scène biblique. La Foule est envoûtée, elle attend dans un silence religieux. Les murmures se poursuivent. Où est-il ? Que va-t-il dire ? Une silhouette apparaît. Urbi et orbi, on entend une voix criarde prononcer quelques paroles à peu près lyriques. Famos scelle la messe, l'ambiance et les murmures deviennent cris. On houspille, on chante les louanges de ce jeune mec habillé comme un DJ, affublé d'une coupe de cheveux pas très languiste et d'un sourire de vendeur de matelas. Il salue l'assemblée d'un geste de la main, comme une reine anglaise, et les cris redoublent. Quelques énergumènes s'extraient alors de la Foule, un homme tombe du ciel, il atterrit sur le balcon. Famos panique, il tente de rentrer chez lui, les cris montent dans les aigus chez les pour, dans les graves chez les contre, l'homme le saisit par le col et déclame des louanges. Il est habillé d'un costume rose, assorti à la couleur de la maison, et c'est grâce à cette tenue qu'il est resté incognito. Famos, après avoir pris peur, feint de se réjouir, il remercie l'homme de l'aimer. C'est là qu'un groupe d'assaillants saisit ce contretemps pour foncer vers Famos. Ils déboulonnent l'admirateur et le lancent comme un chiffon vers la rue, puis se saisissent de la star pour l'emmener on ne sait où. Tous poussent cette fois un cri à l'unisson :

— Famos !

De la Foule, une moitié réclame le sauvetage, l'autre la pendaison, mais personne ne comprend ce qui se trame vraiment. Le jeune homme, pétrifié de froid et de peur, n'offre aucune résistance. Sans traîner, Crêpe jette un regard à sa complice qui s'accroche à sa cape et, d'un coup, il se déplie, son regard vire noir, le monde s'écarte au passage de l'ombre. Crêpe dégomme les agresseurs comme une boule de bowling fait valser les quilles, il enveloppe Rosie et Famos sous sa cape et s'engouffre aussitôt dans la maison, pendant que l'assistance transie se remet à murmurer. On n'aime pas, on aime, on commente, on partage, ainsi le monde tourne, ainsi la célébrité de Famos inonde la planète.

Crêpe inspecte la maison, les ouvertures, il sécurise les lieux pendant que Rosie observe Famos des pieds à la tête, comme on ausculte un cheval avant l'achat, puis Rosie interpelle Crêpe comme si Famos n'existait pas :

— Crêpe ! C'est pas Famos ! Famos a le visage moins carré, il porte des lunettes, il a les cheveux plus courts et… il est rond.

À son tour, Crêpe l'examine et soulève de terre le pauvre jeune homme, colle son front contre le sien pour étudier la supercherie de près. L'homme qui n'est pas Famos est à bout, il vient à peine de se remettre d'avoir échappé aux languistes qu'il est menacé par ses sauveurs, il bafouille son innocence avec le peu d'énergie qu'il lui reste. Crêpe le relâche.

Le faux Famos prend la poudre d'escampette. Crêpe s'élance en direction du fuyard quand une porte dérobée s'ouvre dans une fausse bibliothèque. Crêpe a juste le temps de glisser son pied avant que la porte se ferme. Le non fameux Famos hurle à l'aide, deux bras arrivent à la rescousse et agrippent la porte. Crêpe tire de son côté et Rosie s'accroche à Crêpe pour le tirer. C'est un tir à la corde féroce où l'on serre les dents, mais Crêpe les surprend en poussant la porte dans leur direction, les adversaires sont projetés et s'aplatissent contre le frigo tandis que Rosie se ratatine en accordéon sur Crêpe.

Derrière l'ouverture dans la bibliothèque, le duo découvre une pièce cachée, tout confort. Au milieu gisent deux Famos encore sonnés, pétris de douleur, mais déjà prêts à s'écharper. Enfin, le vrai Famos, en colère, écarlate alerte rouge, giflone le sosie, qui n'a que ses excuses comme bouclier et sa maladresse comme armure. Au lieu de suivre le protocole en cas de prise d'otage, il a mis la planque à découvert. Rosie met fin à l'incartade.

— Famos !

— Non mais c'est pas possible ! Et maintenant que vous êtes arrivés comme ça, vous croyez que vous allez rester à dîner ? Et si moi je rentrais chez vous ? Hein ?

Tout en tirant la langue tel un serpent, Famos gronde Rosie. Il la prend pour une admiratrice ayant réussi à franchir tous les obstacles pour se faire signer une photo de lui. Quand il a terminé, il s'en prend au sosie, le traitant de tous les noms d'idiot disponibles dans le dictionnaire et le renvoie sur-le-champ. Crêpe s'impatiente.

— Maintenant, tu vas nous écouter deux minutes.

Famos se ramollit comme un spaghetti trop cuit, il comprend qu'il n'a pas affaire à des « pour » et que s'il est encore entier, c'est qu'il n'est pas en présence de « contre ».

Rosie explique alors à Famos les raisons de leur présence et lui pose une question anodine en premier lieu.

— Sinon, ça va ?

La réponse est fleuve, Famos se plaint et se met à postillonner son autobiographie. Il raconte son histoire, son parcours si important à ses yeux, si douloureux, si admirable selon des critères qu'il a lui-même fixés. Au départ, il n'était personne, il savait uniquement se servir de sa langue et s'est fait connaître par l'art d'en user comme personne, il en est devenu quelqu'un. C'est parti d'un spectacle de rue où il la tirait d'une manière qui a suscité la sympathie puis l'hystérie des foules. Il la tirait si vite que le mouvement passait inaperçu et seules les mouches qui tombaient dans l'assiette devant lui témoignaient de cette vivacité. Sa réputation n'a alors cessé de prendre de l'ampleur. Bientôt, on lui a demandé de participer à des fêtes et autres manifestations de plus en plus officielles. Les talents mélodieux de sa langue l'ont fait chanter avec les Celtes, les Tyroliens suisses, dans les polyphonies corses et les mariages au Maghreb, où ses youyous duraient parfois plusieurs jours. Famos a arpenté le globe sous toutes les latitudes, toutes les longitudes, toutes les turpitudes, visitant le moindre rocher abritant une salle de spectacle. Avec la gloire a afflué l'argent. Des pluies de flouze. Des ouragans d'oseille. Des tempêtes de lingots. Il s'est acheté la villa rose, mais bientôt, à cause de la Foule, il n'a plus pu y entrer. Qu'à cela ne tienne, il s'est fait creuser un tunnel et a même construit une maison souterraine sous son jardin au cas où la villa serait envahie. Au sommet de sa gloire, Famos attisait toutes les passions du monde, jusqu'à ce qu'un malentendu coupe court à cette adoration sans faille. Lors d'un dîner officiel, par impatience, n'ayant pas pris le temps de refroidir sa cuillère à soupe, il manqua de se brûler la langue et l'agita à toute vitesse pour éteindre l'incendie sur ses papilles. Vexés, outrés, ses hôtes ont vu dans son geste un affront. Leur célébrité avait tiré la langue pour se moquer de leur anonymat. Famos devint l'illustre et infâme prétentieux qui simule la sympathie pour s'attirer les grâces du tout-venant. La nouvelle a fait le tour du monde plus vite que lui ne s'est défendu. Depuis, le sujet « Famos » entraîne de longs débats, entre les pour, les contre, les vous m'emmerdez et les je m'en fous.

— Dans mes moments de doute, moi, Famos, je rêve de la tranquillité de l'anonymat. En même temps, je rêve de fédérer, je rêve de construire la paix dans le monde et je sais que je suis le seul qui pourrait y parvenir. Les gens veulent des idoles. J'en suis une. C'est la raison pour laquelle j'ai des sosies, je veux rester un homme normal en même temps.

Comprenant que quand Famos parle de fédérer, il entend « être apprécié sans condition », l'électricité se réactive dans la tête de Rosie. La centrale à idées et à motivation se réenclenche, entraînant langue et bouche pour chanter sa solution : elle souhaite utiliser la notoriété de Famos. Il doit demander à tous ses admirateurs et à leurs amis de joindre leurs voix afin d'appeler le Soleil à une heure précise un matin, ou alors de le faire appeler par petits groupes à tour de rôle pendant quelques jours. Le Soleil ne résistera pas à ces appels et reviendra, assuré de son importance. Un simple discours solennel lu au balcon de sa maison suffira. Un rendez-vous sera donné, pour annoncer la date de la chorale au Soleil, le temps que la nouvelle se répande dans tout Amourville.

Famos trouve le projet excellent. Il se lève et réajuste son tee-shirt, se recoiffe et regarde droit devant lui comme s'il était sur scène. Il se gonfle d'orgueil à l'idée de devenir la personne qui ramènera le Soleil et, illico, il accepte. Avec un peu de chance, s'il est bon, il ralliera les languistes à sa cause et pourra même devenir le plus haut dignitaire du pays, le sauveur d'Amourville. L'occasion de se rendre célèbre pour de belles raisons serait la consécration. La réalisation d'une vie. Crêpe et Rosie s'amusent de sa mégalomanie, ils échangent un sourire.

Famos s'active sur un calepin, il rédige un discours, pendant que Crêpe fait la sieste d'un œil et le surveille d'un autre, et que Rosie relit à voix basse, lui faisant corriger certaines maladresses. Famos n'arrête pas de reprendre et de modifier les suggestions de Rosie. Elle est en alerte car son papy lui a souvent parlé de ces personnes qui ne pensent qu'à leur pomme, or Famos ne parle jamais du Soleil. Toutes ces phrases débutent par « je » ou « moi, Famos ». Rosie jette un regard à Crêpe, qui attrape le Famos par le collet et le plaque au mur.

— Non mais ! Maintenant, tu écoutes la p'tite dame.

Rosie s'affaire à la ponctuation du discours, elle polit le tout, les phrases s'enchaînent avec mélodie.

— C'est bon, on y va, c'est parti.

La troupe quitte la maison souterraine par une porte dérobée cachée dans un arbre du jardin et se dirige vers l'entrée de la villa. Famos salue la foule.

« Je vous ai compris. »

Contre toute attente, il lève les bras vers le ciel et se lance dans un monologue sur un ton de prophète.

« Mes amis, mes chers amis, j'ai trouvé la clef, et avec votre aide, je vais ouvrir la brèche vers une nouvelle ère…

Tout d'abord pardon, pardonnez-moi d'avoir manqué d'attention envers vous. Je parlais avec mes amis ici présents et moi, Famos, je leur demandais ce que je pouvais faire pour mon pays et… j'ai vu la lumière, j'ai décidé de vous faire participer à mon grand projet pour l'humanité. J'ai décidé de ramener le Soleil, avec votre aide… »

Crêpe et Rosie n'en reviennent pas, il ne suit pas le discours, Famos leur adresse un clin d'œil faussement complice.

« Mes amis !! Oui, vous êtes tous mes amis ! J'ai une chose très importante à vous demander. Je sais que la nuit est dure pour nous tous, je sais que vous pensez à… »

Il est coupé dans son élan par une bagarre partie d'une broutille. Un admirateur qui entendait mal a hurlé à un languiste de se taire, l'autre lui a collé un pain et ainsi de suite. De pain en brioche, la bagarre a pétri le discours. Des projectiles, chaises, pancartes et chapeaux s'envolent, atterrissent près de Famos. L'annonce tourne vinaigre. Plus personne n'écoute. Rosie, Crêpe et Famos sont forcés de se réfugier dans la villa. L'harmonie des Amourvillois n'est pas pour demain.

Famos, abattu comme une baudruche, contemple ses lacets. Il médite sur son dilemme à voix haute, on dirait du mauvais Shakespeare. Bien qu'il soit célèbre, quelques personnes le détestent, une partie de ses actes provoque l'hystérie de gens qu'il n'a jamais rencontrés. Il s'est enrichi grâce à ces jeux de langue. Il est devenu un gourou mettant à mal les fondements languistes. La blessure est si douloureuse qu'il a même pensé à donner sa langue aux chats, mais lorsqu'il en a fait part publiquement, il est passé pour une langue de vipère, et a aggravé son cas.

Rosie prend Famos entre quatre yeux. Elle cite Edmond, son grand-père : quoi que l'on fasse dans la vie, on ne peut pas être aimé de tout le monde, c'est une question de goût et de couleur, mais à défaut de plaire à tout le monde, il faut déjà s'entendre avec soi-même.

Famos remercie mille fois ses invités pour leur honnêteté, il en fait trop. Pour se faire pardonner, il leur propose le gîte, le temps que les esprits se calment à l'extérieur. Crêpe, pas pressé, pas stressé, accepte en bougonnant. Quant à Rosie, elle hausse les épaules, elle n'a jamais été aussi silencieuse, elle pense à son papy, bien sûr, mais aussi à tous ces gens qui la trouvent folle dans son entreprise. Peut-être qu'ils ont raison, elle est tristement partagée. Elle mange avec eux, puis se sent lourde, ses paupières vacillent, elle s'allonge dans un coin et son sommeil est chahuté de rêves.

Le rêve

Aujourd'hui, Rosie est heureuse : depuis le printemps elle ne s'est pas baignée et les vingt-deux degrés au thermomètre sont la meilleure invitation qui soit. Elle regrette de ne pas s'être levée à l'aube, pour profiter seule du susurrement du sable sous la plante de ses pieds et des douces vagues, et bien que la plage soit bondée, le parfum de l'iode comble l'absence d'horizon. Tout l'opposé de ce qu'elle vit à cet instant. C'est un jour de vacances, il y a tellement de monde à l'eau que l'Azeta donne l'impression de déborder, le brouhaha de la plage asphyxie les oreilles, le mélange de l'agitation des enfants et de leurs parents qui leur hurlent d'arrêter de crier rend l'apnée de Rosie délicieuse. Sous l'eau, ce vacarme se transforme en bruits sourds. Elle se laisse porter par le courant jusqu'à un rocher isolé où elle se pose telle une sirène. Elle jette un regard apaisé vers la foule, puis en direction de l'horizon, alors elle prend sa respiration et plonge sans réfléchir, d'une manière si gracieuse que son entrée ne défroisse pas le drap bleu de la mer. À l'abri du monde, du ciel et de la nuit, Rosie nage sans ressentir le besoin de respirer, elle nage vers les profondeurs, et chaque mouvement la fait accélérer. Quand elle approche du fond, alors qu'elle est prête à poser le pied au sol, le sable s'écroule sur lui-même, offrant une ouverture où il fait plus sombre encore, elle poursuit sa descente, derrière son épaule la surface de la mer devient un vague petit point lumineux. Face à elle, une étincelle dorée danse au chant des baleines.

Sans peur, sans frisson, à mesure qu'elle s'approche de la lumière, Rosie ne s'étonne même pas que l'eau se teinte de rouge, l'environnement s'éclaircit, l'eau vire au vert et l'étincelle s'échappe. Rosie agite bras et jambes et, de nouveau, les couleurs de l'eau changent… Son estomac se retourne comme lors d'un saut périlleux, elle continue pourtant à s'enfoncer dans l'eau, le fond n'est pas loin et elle finit par poser pied face à la lumière. La chaleur est intense, on se croirait dans un four à pizza, les poissons détalent mais Rosie ne sent rien. C'est la chaleur d'un accueil, elle est en tête à tête avec l'étincelle et, autour d'eux, il n'y a que la nuit. Elle croit apercevoir son grand-père dans les grands flots.

— Papy ? Ça va ? C'est toi ? Je pense que le Soleil a juste besoin de sommeil, mais pas pour s'endormir comme maman ou partir comme papa. Papa… ça fait longtemps que tu m'as pas dit qu'il allait revenir.

La boule de lumière qu'elle prend pour son grand-père ne répond pas.

— Papy ? Je ne t'entends pas. Pourtant je parle fort, mais sans crier, comme tu me l'as toujours dit. Tu sais que le Soleil m'a entendue ? Tu sais que j'ai un meilleur copain maintenant ? Il s'appelle Crêpe, son vrai nom c'est Crépuscule mais j'aime pas. On va venir te chercher et on va planter un séquoia géant et, dans les branches, on va construire une ville, et on transformera les feuilles géantes en assiettes creuses, en assiettes à soupe qui deviendront des lacs.

La boule quitte un rouge grenade pour un jaune citron plus doux, elle rétrécit et s'approche de la nageuse, avant de s'éloigner en prenant de la vitesse. Elle décolle pour exploser dans le ciel.

Rosie se réveille dans un huis clos. Famos est en train de parler de ses rencontres, étale la liste de ses amis et compare la ferveur de ses admirateurs et celle des languistes devant un Crêpe qui s'en cure ses dents arrachées. Rosie secoue les bras pour les détendre et quitter son rêve. Elle ne parle pas, tandis que le bavardage de la célébrité continue. Elle pense et repense. Dans sa tête les questions tournent, mais l'une d'entre elles revient chaque seconde : est-ce que tout le monde a fait de son mieux ? A-t-elle fait de son mieux ? Il faut arrêter les détours, le temps commence à presser, la décision est prise. Elle va y aller elle-même ! Elle va tout lui dire du fond du cœur ! Elle se reproche de ne pas y avoir pensé plus tôt, mais sa crise de culpabilité est coupée net par un nouveau monologue du farfelu, avec toutefois une question qui attire son attention : comment comptent-ils s'y prendre sans le Berat ?

— Qui est ce Berat ? demande Rosie

— C'est le pire type qu'on peut croiser dans la forêt, on le suit à la trace des bouteilles vides qu'il laisse sur sa route.

— S'il y a un problème avec le lever de Soleil, c'est lui qu'il faut aller voir, il sonne le Soleil depuis très longtemps. C'est un sonneur.

— Comment ça, un sonneur ?

Crêpe se sent idiot, il essaye de calmer Rosie.

— Bah, comment veux-tu que le Soleil se réveille le matin ?

Et Rosie reprend de plus belle

— Mais Crêpe ! tu sais qu'on cherche depuis le début et tu ne m'as jamais jamais parlé de lui…

Rosie est dépitée. Famos s'explique. Berat est officiellement chargé de sonner les cloches du Soleil chaque matin. Si quelqu'un peut les renseigner sur le dernier mood de l'astre, ça pourrait bien être lui. La dynastie de Berat réveille le Soleil de père en fils et de mère en fille depuis trois cent soixante-dix-huit générations, précisément depuis la première longue nuit dans l'histoire de l'humanité. Sa famille a hérité de cette lourde responsabilité. Berat a beau être l'aîné de sa fratrie, il est aussi le vilain petit canard de la famille. Enfant, il a toujours rêvé d'être peintre, il a toujours ressenti sa charge comme la malédiction de sa vie.

Autosatisfait d'avoir pensé au Berat, Famos se prépare au voyage. Mais Rosie ne l'a pas prévu dans l'équipage, elle fixe Famos sans cligner des yeux pendant de longues secondes, ce dernier attend une sentence qui ne tarde pas.

— Famos, tu ne viendras pas, point. On te remercie pour tout, n'est-ce pas, Crêpe ? On le remercie pour tout.

Crêpe fait comprendre à Famos qu'il ne peut pas négocier. Celui-ci pèse le pour et le contre et feint soudain d'avoir mille autres choses à faire. Il leur souhaite bonne chance dans leur voyage, tout en se rendant disponible si nécessaire.

— Bon alors ? On le trouve où ?

— Je sais pas… peut-être au bar des Innocents, dit Crêpe avec prudence.

— On devrait déjà être partis.

Berat le sonneur

Le bar des Innocents est un vieux zinc qui ne donne aucune envie d'y mettre les pieds. Des types patibulaires se querellent devant dans une langue incompréhensible, et une épaisse fumée s'échappe par la porte, laissant croire à un incendie à l'intérieur. Crêpe reste perplexe devant le bouiboui. Quand il se retourne pour faire part de ses doutes à Rosie, elle a déjà disparu à l'intérieur. Il s'engouffre à son tour dans le bar. Les vapeurs d'alcool et de tabac lui collent le vertige, l'endroit est si bondé que certains clients se tiennent assis aux fenêtres. Au milieu des volutes de cigares, apercevoir un éléphant à trois mètres relève de l'exploit et Crêpe est incapable de retrouver Rosie. Il la cherche à l'aveugle, se heurte à une table où il distingue une ribambelle de bouteilles. Cinq personnes sont installées autour, des hommes.

Ils jouent aux cartes. Parmi les cinq, un homme large et de courte taille se tient en bout de table. Le temps de lancer sa carte, il éructe des borborygmes sur sa prochaine et dernière victoire, ponctuant sa phrase avec une gorgée de whisky qui tord sa bouche davantage.

— C'est lui, Crêpe, c'est Berat.

Rosie n'a pas eu de mal à voir Crêpe. Son ombre est la seule chose qu'on repère et elle s'est immédiatement glissée dans ses jupes.

— Tu es sûre ?

— Tu as vu comment il parle fort et avec assurance ? On peut l'entendre à des kilomètres. Ça ne peut être que lui.

Berat est un petit homme qui porte un haut-de-forme bien trop grand. Avec une montre à chaque poignet et une pendule au cou dont les aiguilles tournent à des vitesses différentes, il hypnotise ses interlocuteurs. Dans sa main, il tient un cigare vieux de deux jours, qu'il remet en bouche entre deux crachats.

Rosie tente de saluer Berat. Il ne la voit pas. Les cadavres de bouteilles forment des remparts entre chaque joueur, les fioles pleines patientent au sol que leur propriétaire y trouve réconfort et inspiration. Certains sont même assistés d'un « remplisseur de verre » pour ne pas quitter le jeu des yeux.

Rosie hausse le ton, on ne l'entend toujours pas. Le volume de sa voix augmente à chaque mot, jusqu'à couvrir le vacarme ambiant, et à la fin de son plaidoyer, tout le bar a distinctement entendu ses mots accusateurs à l'égard de Berat.

— Je voudrais vraiment que tu m'écoutes car ça urge de fou. Je pense que t'en as rien à faire mais il faut que je retrouve le Soleil.

Rosie s'approche de lui puis répète sa phrase, mais cette fois-ci, elle harangue les autres joueurs à la table.

— Est-ce que tu penses vraiment que tu vas toucher ton argent quand tout le monde saura que c'est toi qui as chassé le Soleil ?

Sur ces derniers mots, Crêpe déploie son obscurité, deux hommes s'en vont en courant et l'un d'eux s'époumone : « C'est l'ombre, cassez-vous ! »

Le bar a entendu la dernière phrase et les clients sont réduits au silence. Comme dans une partie d'un-deux-trois soleils, les cartes, les mouches, la bière qui coule, les verres en mouvement et les glaçons dedans se sont figés à leur place, les regards sont devenus inquisiteurs, et même ceux à l'extérieur du bar se sont tournés vers Berat, qui a perdu de sa verve et ne rêve que de se transformer en fourmi. Le sonneur tente une esquive avec un sourire gêné : il propose une tournée générale qu'il sait ne pas pouvoir payer. Ils sortent du bar et, à peine à l'extérieur, l'assemblée reprend ses activités, comme si rien ne s'était passé.

Le sonneur a l'air d'aussi mauvaise humeur que Crêpe, mais n'ose pas trop l'imposer. Ne souhaitant pas perdre de temps, il est prêt à fournir toutes les réponses nécessaires afin de retourner à la table de jeu. Il était sur le point de remporter la cagnotte. Ce dernier gain lui permettra de terminer son projet de vaisseau spatial.

Rosie tend l'oreille. Le sonneur parle vite mais clairement, en jetant des coups d'œil à ses adversaires dans le bar tout en surveillant les oreilles indiscrètes.

Avec le Soleil, d'après le Berat, ils se sont disputés une fois de trop, l'astre était lassé des réveils intempestifs et sans douceur. Mais on apprendrait plus tard que certains matins, après des nuits de beuveries et de parties de cartes perdues, Berat, tout ivre, se mettait à crier et jetait un verre de rhum sur les rayons à l'heure de la rosée. L'astre se mettait dans une colère brûlante, ils se menaçaient l'un l'autre. Quelquefois, le Soleil le chauffait à un point tel que l'importun se retrouvait à dévaler toute la colline sur les fesses. Mais Berat se plaint aussi du manque de reconnaissance de son métier et des vacances qu'il ne prenait jamais. Un matin, après une brouille et sur un coup de colère, le Soleil s'en est allé. Berat n'a pas chassé le Soleil. On l'a laissé le gérer tout seul et, maintenant, il noie sa peine entre les remords et les certitudes au bar des Innocents durant la longue nuit. Le vide nocturne n'épargne personne et, selon lui, c'est plus facile de trouver un coupable pour se soulager par un châtiment populaire que de regarder la nuit en face.

— Qu'est-ce que ça va changer si l'on me maudit ? Tant mieux, c'est la moitié du chemin pour être peintre. De toute manière, c'est foutu. C'est pour ça que je me construis un vaisseau. Comme il craint de s'épuiser et de s'éteindre, le Soleil recharge son cœur et il va se sauver !

Rosie, stupéfaite, lui coupe la parole et le harcèle de questions. Cette histoire est bien plus grave que la précédente.

— Il va s'en aller ? Comment ça ?

Le sonneur saute en l'air, prenant ses interlocuteurs pour des idiots finis.

— Quoi ? Vous croyez que je construis mon vaisseau pour les pigeons ? Mais c'est pour ça que je pars avant !

— Que tu pars avant quoi ?

— Comment ça, avant quoi ? Je me casse !! Vous voulez être là quand la Terre va tomber ??!!

Rosie est abattue : la fin du monde, c'est ce que vient d'exposer Berat. Non seulement le jour ne va plus se lever, mais la Terre va tomber… Rosie reste les yeux fixés sur Berat, comme s'il pouvait effacer tout ce qu'il vient de dire… Désormais, le temps joue contre eux, à la gravité s'ajoute l'urgence. Assommés, Crêpe et Rosie restent sans réponse, ils n'entendent plus Berat qui essaye de leur vendre une place sur son vaisseau en échange de la monnaie pour payer la tournée. Lorsqu'il retourne dans le bar, les deux amis restent là debout. Crêpe est encore plus remonté contre le Soleil, tandis que Rosie se remémore les réticences de ses rencontres récentes, et se demande si tout ça en valait la peine. Sans doute qu'aller chercher un astre n'était qu'une chimère et, d'échec en échec, elle s'est éloignée d'Edmond. Crêpe peste, Rosie est désemparée, lentement, ensemble, ils s'en vont.

Le pêcheur céleste

Sans un mot, sans question, sans idée, sans espoir et sans lumière, Rosie et Crêpe errent en direction du bord de mer, fatigués et livides. Ils passent le vieux port, longent la plage et décident de changer de route avant les falaises un peu plus loin… L'entracte de Rosie et Crêpe est coupée par une mélodie presque indicible. Ils tendent l'oreille, comprennent que la voix provient des rocheuses à éviter, là où la mer est la plus agitée. En s'approchant, plus aucun doute : ce timbre de voix, c'est celui du chat Cinno, qui chante sa joie. Ils suivent la mélodie jusqu'à tomber sur un hangar géant, entouré d'immenses pièces de métal arrondies. À cet endroit, les côtes sont dangereuses jusqu'à Arj-en-ville. Par mauvais temps, les vents d'ouest poussent les vagues scélérates de l'Azeta vers les rochers, personne n'a besoin de venir se balader ici.

Ils viennent d'identifier l'endroit où ils se trouvent : c'est le hangar du fameux Momo le Pêcheur Céleste. À Amourville, Momo est si important que l'interdiction de le déranger est inscrite dans la loi. Le rôle du pêcheur céleste consiste à maintenir l'harmonie dans la disposition des étoiles du ciel, afin que les bateaux trouvent toujours leur chemin et que le ciel reste beau, on dit aussi que les étoiles filantes sont des astres tirés par Momo : grâce à un système de pêche ingénieux, il parvient à ferrer les étoiles vagabondes. Alors que Crêpe continue sa route en toute indifférence, Rosie marque un temps d'arrêt et amorce un détour en direction du hangar.

Au milieu d'une forêt de métal rouillé, le chat Cinno a la tête dans une bassine de sardines qu'il dévore, levant les moustaches quand il a fini de mâcher, pour chanter sa joie. Vive la grève de la faim…

Momo, perché sur une échelle, nettoie le haut d'une flèche géante avec son balai-brosse. Il est si absorbé par la tâche qu'il n'a remarqué personne. En s'avançant, Rosie comprend qu'il s'agit d'une ancre de paquebot faisant office d'hameçon géant. Il est accroché à une citerne de deux mètres cubes contenant l'appât : une boule concentrée d'hydrogène solide, dont les astres sont friands. Sans hydrogène, ils s'épuisent et s'éteignent. L'hameçon est propulsé par une chaîne dont les maillons d'un mètre sont eux-mêmes attachés à une catagrulte montée sur de grands vérins – une catapulte de la taille d'une grue. Grâce à d'énormes poulies, l'appât et l'hameçon sont projetés dans l'espace. Avec de la patience et beaucoup de force, une étoile égarée peut mordre. Dans ce cas, le pêcheur actionne un système de treuil alimenté par la force de la mer. Il ferre l'étoile et la tire pour la replacer dans le ciel.

Le chat Cinno les ramène à la réalité.

— Enfin ! Le chat Cinno savait que vous n'étiez pas aussi bêtes !

Les deux comparses se regardent, espérant que l'autre a compris. Le chat Cinno pose une patte sur sa tempe, mimant une migraine de dépit en miaulant.

— Le chat Cinno croyait que vous cherchiez quelqu'un pour vous ramener le Soleil. Le chat Cinno ne sait pas comment vous avez pu ne pas penser à Momo, il ramène bien les étoiles, non ?

Rosie ne se sent pas maligne, Crêpe n'a pas apprécié la devinette. Justement, Momo descend de son échelle, apparemment dérangé par la présence des visiteurs. Le chat Cinno s'avance à sa rencontre pour introduire le duo, mais se prend un coup de pied avant la fin de sa phrase.

Momo le pêcheur ne dépasse pas le mètre soixante-dix, ses yeux enfoncés vous percent, son allure ascétique est alourdie d'une longue barbe qu'il caresse pour réfléchir. Sa seule coquetterie reste une petite tresse sur la nuque, décorant un crâne presque glabre. Il s'arrête à distance respectable et dévisage Rosie et Crêpe, puis invite la jeune fille à le rejoindre d'un signe de la tête. Crêpe les laisse discuter de loin et devine que Rosie est en train de raconter le problème à résoudre, le pêcheur affiche une moue et marque un refus, Crêpe laisse la pauvre Rosie revenir pour crier.

— Pourquoi t'as été lui demander ! C'est qu'un pêcheur de coquillages, il nous fait croire qu'il veut pas mais en vrai de vrai ? Il peut pas !

Même si Crêpe pense prendre sa défense, Rosie est très irritée.

Bousculé dans son ego mais peu impressionné, Momo le pêcheur ne répond pas. Sans quitter Crêpe des yeux, il vérifie son installation, prépare son prochain lancer, pose deux boules d'hydrogène, le double de la quantité habituelle, toujours en toisant Crêpe, et, rejoint par le chat Cinno, il monte à la cabine de la catagrulte. Après quelques minutes d'un silence interminable, un bruit de métal fracassant retentit. Le mécanisme soulève violemment le bras de la grue qui tire sur l'hameçon géant et projette l'appât vers le ciel. La longue chaîne se déroule sans fin.

Rosie et Crêpe attendent. Rien ne se passe. Le pêcheur, sentant que rien n'accroche sa ligne, la ramène et replace le montage en ajoutant une troisième boule, puis recommence l'opération. L'ancre-hameçon repart vers le ciel et ne bouge plus. Après trois coups violents, la chaîne se tend et danse comme si un lion de l'espace cherchait à arracher l'appât. Un bruit fracassant, insupportable, celui d'une montagne de métal en train de se déchirer, envahit l'espace sonore, on dirait qu'un géant hystérique joue de la batterie en centre-ville avec deux paquebots. La chaîne finit par se bloquer et reste tendue dans le ciel.

En l'absence d'étoiles vagabondes, Momo pêche des poissons et même des titanics, une espèce de poissons géants d'un demi-kilomètre de long. Là, c'est une grosse prise. Alors qu'il retourne vers la cabine, une lumière infime apparaît puis clignote à mesure que la chaîne bouge. Elle se tend, puis se détend, se déroule avec tant de force que la catagrulte manque de s'arracher du sol. Le pêcheur se remplit d'adrénaline, la prise est plus grosse encore. Momo saute, il exulte, ses yeux sont globuleux d'excitation. Jamais sa ligne ne s'est tendue avec autant de vigueur. Il règle la tension en jouant avec le frein qui retient la chaîne, il faut toujours garder assez de mou pour ne pas casser la ligne, mais surtout ne pas trop mollir, au risque de voir la proie s'échapper. Il commence donc par la fatiguer en jouant avec le treuil, comme on fatigue un poisson au moulinet. Crêpe court à la cabine et invective le pêcheur qui ne lui a pas adressé la parole depuis leur arrivée. Le combat s'annonce dur, l'hameçon revient doucement et, comme souvent, on ne sait pas ce qui est au bout de la ligne, l'imagination des protagonistes va bon train car la lumière persiste et le pêcheur harnaché à son poste a l'air de prendre le dessus.

La chaîne s'est bientôt intégralement déroulée, le moment se veut décisif et la précision de la manœuvre se doit d'être horlogère. Crêpe prodigue des conseils mal placés, tout en prenant Momo à partie comme s'il l'avait doublé dans la file d'attente au marché. Momo use de toute son énergie pour rester concentré pendant cette tempête verbale, quand soudain, un bruit de foudre s'abat sur la côte, la tension contenue dans la ligne lâche et la chaîne géante se ramollit pour tomber dans la mer comme une linguine. Les vagues provoquées manquent d'emporter Crêpe et Rosie, les deux comparses y échappent de peu. Ils sont trempés des pieds à la tête.

Le pêcheur, à l'abri dans sa cabine, dévisage l'ombre, les bras croisés, les yeux noirs de colère. Rosie ne parle plus. Et pour couper court à toute possibilité de conversation, elle enjoint à Crêpe de s'enfuir tout de suite, sentant que l'ambiance vire au poisson pourri. Crêpe est tout chose, c'est la première fois que quelqu'un se trouve plus fâché que lui, ils détalent tous les deux et reprennent le chemin de la forêt des On-dit.

Rosie ne parle plus, pas à Crêpe en tout cas. Crêpe est certes un boulet, mais si Rosie n'a pas cru une seconde que le pêcheur aurait pu tirer le Soleil, elle aurait toutefois aimé savoir ce qui se serait passé si Crépuscule ne l'avait pas déconcentré au dernier moment.

— Le jour où on va trouver le Soleil, tu vas le faire fuir ?

— Pourquoi tu dis ça ? N'importe quoi ! T'as rien compris à ce qui s'est passé.

— Bah si, si tu étais pas occupé à insulter la terre entière, tu saurais ce que j'ai vu.

— T'as rien vu.

— T'aimes te répéter, et aussi… pffff, laisse tomber !

— Oui c'est ça laisse tomber, laisse tout tomber, et aussi quoi ? Quoi ?

— Tu aimes bien ta vérité à toi, la crier partout, mais t'aimes pas entendre celle des autres, lâche Rosie.

— Tu crois parler à qui comme ça ? Je suis Crépuscule, fils des ombres, origine de toutes les peurs, plus…

Rosie siffle la fin du match.

— T'es un saboteur, et même un saboteur compulsif !

Crêpe est soufflé d'être attaqué de manière si frontale. S'il avait pu tomber, ça lui aurait fait du bien. Au lieu de ça, il reste figé, sans quitter Rosie des yeux.

— Si ça se trouve, il était fatigué le pêcheur de l'est à deux piécettes ! Moi je l'aurais pas raté. S'il m'avait écouté, c'est sûr, je serais en train de lui tirer les rayons, au Soleil !!

Rosie lui répond d'un regard qu'aucun mot ne peut décrire et se terre dans le silence. Crêpe est perdu. Il pense vraiment n'avoir rien fait de mal et ne comprend pas la colère de Rosie à son endroit, ses sourcils tombent sur le côté et sa bouche fait la moue.

Le brouillard

Alors qu'elle se demande comment retrouver le jardin d'Aube, Rosie se rappelle les conseils de la gardienne : « Nous ferons ce que les étoiles diront. » Elle se concentre, se remémore la première fois où elle s'est retrouvée sur un chemin à suivre des champignons lumineux disséminés dans la forêt. Rosie observe le sol, les arbres, le ciel. Crêpe demeure silencieux, il songe à ce que lui a dit Rosie.

Elle vient de remarquer trois champignons sur une dizaine de mètres. Elle les suit et tombe d'abord sur un feu follet, puis un mirage lumineux, et encore deux autres vers scintillants jusqu'à l'entrée du labyrinthe, où elle observe tous les couloirs avec incertitude. Crêpe ne lâche pas Rosie d'une semelle. D'une lueur à l'autre, ils retrouvent ce parfum, signe qu'ils ne sont pas loin, et finissent par arriver au jardin d'Aube. Elle est absente, mais son aura demeure. Rosie se pose instinctivement près d'un feu minuscule car il manque de bois. Le jardin est moins chatoyant que la dernière fois, les plantes donnent l'impression d'être en sommeil, peut-être savent-elles que le Soleil va s'en aller ?

Crêpe ausculte l'arbre d'Aube, c'est la première fois qu'il voit un séquoia géant, il essaie d'en deviner la hauteur. Sa curiosité change de cheval lorsqu'il entend une voix de femme s'adresser à Rosie, et aussitôt, les traits de son visage s'adoucissent, ses zygomatiques le surprennent. Lui qui sourit si peu, ça lui est douloureux. Il écoute Aube, fait le tour du triple séquoia et découvre les deux amies.

Au trente-deuxième coup d'œil, son regard bloque. Crêpe est paralysé, il ne peut plus marcher, ses muscles se tendent comme la corde d'un arc. Une nouvelle émotion très étrange le terrasse, ce n'est ni de la peur ni de la colère, il est pris de panique, il se tient la poitrine comme si elle allait se décrocher de son corps. Crêpe se sent très malade, sa langue est nouée, il se sent mourir. Le pire est qu'il n'arrive pas à quitter Aube des yeux, son cœur bat comme un tambour militaire, frappe ses côtes à la limite de la fêlure, une goutte de sueur brûlante coule le long de sa tempe, son estomac se retourne comme dans une machine à laver, ses genoux vacillent et il finit par s'effondrer.

Rosie court aussitôt à sa rescousse. Aube marche d'un pas plus léger en ramassant des brindilles de paille çà et là, qu'elle enroule tranquillement. Elle s'agenouille à la hauteur du malade. Soudain, en lui glissant l'oreiller de fortune sous la nuque, les yeux d'Aube sont comme aimantés par le visage de Crêpe qui est aussi figé qu'une statue de glaise. Aube sursaute de l'intérieur, comme si deux fusibles en se connectant allumaient une guirlande dans tout son corps, et un sifflement dans les branches sonne un accord majeur.

Alors que Crêpe récupère de ses émotions, Aube, déstabilisée, fait mine de se remettre à trier des feuilles. Sans rentrer dans les détails, Rosie lui récapitule les récents événements. Aube, qui fait semblant de s'y intéresser, attend la pause pour lâcher l'enclume :

— Alors maintenant ?

— Quoi maintenant ?

Aube la fixe en secouant sa tête de gauche à droite avec sa bouche en cœur. Rosie déclare :

— Bah tu sais bien.

— Alors dis-le !!! Qu'as-tu décidé ?

— Tu sais bien, j'ai un message pour lui.

Aube écoute avec attention, comme si elle attendait quelque chose de plus de Rosie. Elle s'arrête de tailler un arbuste et pose les mains sur ses hanches.

— Tu vas lui envoyer un pigeon voyageur ?

— Je vais aller trouver le Soleil directement. Finis les intermédiaires !

— Enfin ! lâche Aube dans un soupir. Je croyais que tu n'allais jamais y venir. Va chercher le sel et des oignons…

Après avoir énuméré une petite liste d'ingrédients, Aube lui rappelle qu'elle peut tracer le Soleil. Rosie bondit devant cette évidence qu'elle avait manquée. Aube la reprend :

— Tu n'étais pas encore prête à ce moment-là. Je l'ai lu dans l'akasha.

Cette nouvelle lueur d'espoir offre un regain d'énergie à Rosie, mais Aube ne semble pas plus pressée. Elle lui fait remarquer que dans l'immédiat, mystérieusement, les feuilles et les plantes hibernent, elle n'est pas sûre de la cause, cela va certainement passer. L'arrivée de Crêpe n'arrange rien. Pourtant, l'ombre est moins horripilante que d'ordinaire. Quelque chose a changé, il ne porte pas son habituel air penaud. Il donne l'impression de choisir ses mots et peine à soutenir le regard d'Aube, tout attendrie par cette ombre de papier.

— Si tu arrives à retrouver le Soleil, tu penses qu'on aura le temps de le rattraper ?

— Ça dépend de l'endroit où il se trouve, il lui faut des lieux susceptibles d'accueillir des hautes températures car sinon il brûle tout et dépense de l'énergie, c'est pour ça qu'il ne peut pas dormir souvent au même endroit.

— Il ne peut pas être parti, il ne peut pas !

— Nous ferons ce que les étoiles nous diront et tout ira bien.

L'intention de Crêpe est de se montrer gentil. Du moins, d'essayer ; il s'en tire avec un rictus presque souriant.

— Quand tu pourras, dis-moi juste où il se cache. Je vais le trouver le Soleil, et à ce moment-là je le regarderai dans les yeux et je l'étranglerai, mais pas trop, comme ça il ira travailler comme tout le monde !

Le plan de Crêpe, mijoté pendant de longues heures noires, consiste à attirer le Soleil assez près de lui pour lui lancer des morceaux de verglas sibérien, des glaçons du mont Blanc, des paroles sincères suivies de regards givrés pour calmer ses chaleurs. Dans sa mise en scène, il s'emporte tout seul, lève les bras, gesticule, sans lâcher Aube des yeux. Il invective, contre, planifie, menace, et quand il se rend compte que le public ne suit pas, il s'arrête net. Pour fuir la honte, il invente qu'il doit trouver du bois dans la forêt afin de rallumer le feu.

Étrangement, la forêt est muette, la plupart des animaux hibernent eux aussi, alors que le printemps est bien entamé.

Crêpe se méfie de ce silence, ce silence qui fait réfléchir, il lui rappelle son enfance, l'époque où il cherchait des gens à effrayer, celle d'un enfant seul en quête d'une compagnie. À présent, il pense à Rosie, au grand-père qu'il ne connaît pas, mais qu'il a envie de chérir comme le sien. Et il y a aussi le visage d'Aube qui ne quitte pas son esprit. Il pense qu'il devient fou. Ou que sa mémoire le trahit ? Ou qu'un démon est venu squatter sa caboche ? Dans son crâne, c'est l'ouragan entre le front et la nuque, dans la fabrique des rêves et des cauchemars, et ça ne le rassure pas. Il craint de perdre quelque chose sans savoir quoi précisément. Une chose est sûre, il pense de moins en moins au Soleil et se rend compte que la vie est plus sucrée en compagnie de Rosie.

Quand il revient à la clairière, ses bras débordent de bois mort et il pourrait entretenir le brasier jusqu'au prochain coucher de Soleil. Aube est entourée de cette lumière particulière, de feuilles et de plantes qui tournent autour d'elles. Elles semblent danser grâce à un vent qui ne souffle pas. C'est l'énergie de la vie. À mesure que Crêpe s'approche, la lumière baisse. Surprises, Rosie et Aube se tournent vers lui.

— Merci pour le bois… Crêpe, on se demandait, avec Aube, est-ce que tu pourrais marcher trois cents coudées vers là-bas ?

Crêpe s'exécute, il tourne le dos et, une fois éloigné, la lumière revient, les plantes reprennent leur ballet. Lorsque Rosie lui fait signe de s'approcher, tout s'éteint. Crêpe comprend. Pour la première fois de sa vie, il est simplement triste. Triste sans colère. Personne ne le contrarie, aucun mot n'a été prononcé, aucune accusation ni confrontation. La vérité est tombée, inéluctable : le monde tourne mieux sans lui. Un mélange de peine et de soulagement s'imprime sur le visage des filles. Crêpe doit se rendre à l'évidence : en sa présence les plantes se taisent. Pistil et bouche cousue.

— Je pense qu'il n'y a pas assez de bois, je reviens vite…

Alors que Rosie essaye de faire bouger les plantes en soufflant dessus, Aube observe son protégé partir les épaules basses. Il repart plus longtemps que les deux fois précédentes, ne se retourne pas. Depuis qu'il connaît Rosie, il se rend compte que sa solitude sera différente s'il ne la voit plus. Maintenant, il éprouve envers lui-même des sentiments jusqu'alors réservés aux inconnus, il ne comprend pas que l'on puisse s'en vouloir à soi-même, lui qui, selon ses critères, a toujours été parfait. Il s'en veut au point de se demander si l'autre a raison. Cette dernière pensée le transperce comme un coup de grâce. Puis, il respire un grand coup, l'oxygène s'infiltre dans sa bouche sèche, irrigue ses poumons colériques et le détend. Les idées se rangent dans sa tête, il parvient à se trouver un terrain d'entente. C'était donc lui le problème. La faute. L'erreur. Le grain de sable à cause duquel ils ne retrouveraient jamais le Soleil. Alors, il pourrait rester là seul, mais sans lui, elles n'y arriveraient pas et puis, bien qu'il ne soit pas parti longtemps, il n'aime pas être loin d'elles, il commence même à se dire qu'il préfère que Rosie l'embête jusqu'à la fin des temps plutôt que de rester assis seul avec ses arbres et l'œil humide, sans le petit feu d'Aube. D'ailleurs, en repensant à elle, le sentiment qui l'a saisi quelques minutes auparavant se montre plus présent encore. Il revient la tête baissée sur l'estomac, l'estomac sur les genoux, alors que les filles sont tout excitées d'être parvenues à tracer le Soleil. D'après les Jonquilles, il n'est qu'à quelques kilomètres à l'ouest.

Contre la montre

Pendant la nuit – enfin, pendant qu'ils dormaient à des heures qui correspondent à la nuit –, contre toute attente, le ciel s'est teinté de jaune. Au réveil, décidée à oublier les récents échecs, Rosie est persuadée que cette fois sera la bonne, il ne s'agit plus que d'un message à délivrer. Elle pense à Edmond et chasse tout obstacle de sa tête.

— Rosie ! Rosie ! Regarde ça, j'ai fabriqué des lunettes pour le moment où on va trouver le Soleil.

Tout en exécutant une danse, Crêpe a posé sur chaque œil des cosses de châtaigne qui lui donnent des yeux de caméléon. Rosie rit d'horreur. L'instant de complicité efface tous les griefs, Crêpe grimace avec affection, Rosie s'esclaffe de plus belle. Ils sont interrompus par Aube, pleine de joie, qui vient leur annoncer la bonne nouvelle. Elle a localisé le Soleil, il est retourné du côté d'Arj-en-ville. La nuit est revenue, mais le répit qu'ils viennent de gagner les a tous réchauffés. Chose étrange : en présence de Crépuscule, les plantes ont conservé leur éclat verdoyant.

Aube désigne la direction, les trois compères prennent la route sans réfléchir et, plus ils avancent, plus la destination se précise : la propriété de Noé. La nuit devient moins sombre à l'approche du château et la chaleur se fait plus intense. Au portail, le calme de la dernière visite n'est plus qu'un lointain souvenir. La petite armée de l'homme clé est affolée. Noé a perdu toute son arrogance, il ne lâche pas son chef de la sécurité d'une semelle. Ça court dans tous les sens en criant des ordres que personne ne suit, le bordel ambiant ressemble à une bataille où tous les soldats battent en retraite, sauf qu'il n'y a pas d'ennemi. Le majordome fait style d'être occupé à éventer le patron. Les éléphants vêtus de leur maillot sont en file indienne et se balancent de l'eau de trompe en trompe afin de rafraîchir l'espace. Dans le tumulte, la voix du chef s'expulse du haut-parleur.

— Trouvez de l'eau ! Mettez des lunettes de soleil, ne vous brûlez pas, rafraîchissez-vous et repartez au front ! Dépêchez-vous, allez ! Allez ! Plus vite !

— Qu'est-ce qui se passe ?

— Circulez ! Nous sommes en manœuvre réelle, je ne peux pas garantir votre sécurité.

Crêpe prend sa voix la plus grosse, la plus froide et s'assombrit un peu.

— Écoute-moi, mon petit bonhomme, mes amies et moi, nous sommes venus régler un gros problème, avec ou sans vous. La petite dame doit délivrer un message.

L'effet du mot « mes amies » désarme toute l'assistance. Le froid qu'il vient de souffler rend l'atmosphère plus vivable. Le chef de la sécurité apprécie, il respire mieux.

— Voici la situation précise : il y a une bombe lente cachée dans le grenier du château des quatre saisons, l'objectif est de la désamorcer ou…

— Une bombe lente ?

— Oui, c'est une bombe qui n'explose qu'en quelques jours.

— Et ?

— C'est une bombe à explosion saccadée, les premières heures sont pour la détonation, la température va monter jusqu'à demain soir. Demain, à 18 heures 37 précises, débutera le souffle de l'explosion. Si nous n'atteignons pas cette bombe avant, le château et le parc auront disparu d'Amourville.

Rosie sait qu'il dit n'importe quoi, mais l'heure n'est pas au débat.

Malgré le danger, Crêpe propose de se rapprocher du Soleil sous sa cape, c'est la seule possibilité d'accéder à l'astre. Aube leur fait savoir que le Soleil chauffe par pulsation et que les vagues de chaleur changent de température de manière cyclique, il faut attendre une vague moins brûlante pour se faufiler. Le chef de la sécurité mobilise un véhicule pour les rapprocher au plus près du brasier et les laisse terminer à pied. Aube a déjà du mal à respirer.

Le message

Rosie, Aube et Crêpe arrivent à une centaine de mètres du château. Il fait presque jour, les fenêtres du haut de la bâtisse scintillent, on dirait un feu grégeois. Par miracle, le toit n'a pas explosé. Crêpe avance d'un pas déterminé, il déroule sa cape, prend ses amies sous son aile pour atténuer la chaleur infernale. Plus ils s'approchent du château, plus les soldats se font rares. À l'entrée, la lumière aveugle même les yeux fermés et ils se lancent dans l'escalier à tâtons. Rosie se souvient du chemin, de toute façon il n'y a qu'un sens, il faut monter à l'étage. L'installation de Noé a déjà prouvé sa solidité, le Soleil peut rester là plus longtemps qu'ailleurs sans craindre de tout consumer. Ça leur laisse un peu de temps pour le convaincre, même si Aube accuse déjà le coup, elle supporte très mal cette chaleur. Sur le point de suffoquer, elle s'adresse en pensée au Soleil, qui baisse le thermostat, juste assez pour qu'ils puissent passer le dernier étage et lui faire face. Le Soleil est bel et bien là, l'astre le plus recherché de l'univers ne peut pas être approché d'un mètre de plus, au risque qu'il vous rôtisse. Rosie est pétrifiée, tout ce qu'elle a prévu de dire au Soleil a déguerpi.

— Espèce de tocard !! Tu te rends compte de ce que tu nous fais ? À mes amies ? Au grand-père de Rosie ? À toutes les plantes qui sont en train de mourir ? Tout ça parce que tu supportes mal un alcoolique ? Heureusement que la petite a un message pour toi parce que sinon…

Le désir de vaincre est si fort que Crêpe a oublié ses résolutions. Il n'a pas laissé Rosie s'exprimer et il en éprouve aussitôt des remords. Trop tard. Le Soleil se met en boule, en rage, sa chaleur irradie, les escaliers commencent à craquer, il faut partir. Aube et Rosie jettent à Crêpe un regard de dépit. Ce regard lui a été épargné au jardin, mais il lui rappelle à présent les pires abandons qu'il ait connus. Ce n'est pas vraiment le moment de penser à tout ça. L'ombre baisse les yeux avec le sourire embarrassé d'un enfant coupable. De façon inattendue, la chaleur se réduit, mais les murs continuent à peler et Aube respire avec difficulté. Ils sont obligés de faire demi-tour et choisissent de s'enfuir.

Au rez-de-chaussée du château, Rosie pile, ses pieds refusent la retraite, elle ne peut partir sans avoir délivré son message, c'est sa dernière chance. Aube gît inconsciente dans les bras de Crêpe. L'ombre pige que la petite va trouver une autre issue : avec un signe de confiance envers sa complice, il lui lance sa cape et quitte la demeure. Rosie s'y enroule sans tarder et remonte les marches en sautant les plus fragiles.

Dans le château, la température a continué à baisser et la lumière est devenue plus douce. Rosie fait bien attention à ne pas tomber dans un trou avant d'arriver dans la pièce d'été de Noé. Ce qu'elle voit une fois sur place la laisse bouche bée. Le Soleil est là, minuscule, aussi gros qu'une pastèque, d'un jaune vif. En réalité, personne ne connaît la vraie taille du Soleil, il est trop haut, trop lumineux et personne n'a pu le regarder assez longtemps pour jauger son volume. Il change de taille, de couleur, de puissance selon son humeur. Et maintenant, il dégage les vibrations les plus pacifiques qui soient, sa lumière tend vers un jaune citron…

Soudain, Rosie, prise d'une émotion qui dépasse l'empathie, ressent ce que le Soleil veut communiquer. Elle ne peut le regarder dans les yeux, mais n'en a pas besoin car un flash s'impose à elle, c'est une image de leur dispute récente en haut des marches. Le passage est clair dans ses pensées, revivre la scène avec le point de vue du Soleil est bien plus émouvant que de l'avoir vécue sur l'instant, on ne vit jamais vraiment l'instant. Rosie ressent tout du Soleil, ses rares joies, ses doutes, ses regrets, sa solitude. Elle lui adresse la parole, sans ouvrir la bouche, elle se couvre le visage puis se met à penser très fort aux mots qui lui passent par la tête.

Le Soleil se prépare en effet à lever les voiles. Mis à part Berat, il n'avait jamais échangé avec quiconque depuis les Incas qui lui ont laissé un souvenir mitigé. En général, on se fait une si haute idée de lui que tout le monde le pense inaccessible. Le Soleil est attendri par l'échange avec la jeune fille, mais n'évoque aucunement de rester sur Terre, alors Rosie se lance.

— Grand Soleil, depuis que vous êtes parti, tout s'est arrêté. Au nom de tous, mes amis et moi cherchons à vous rencontrer, maintenant... J'avais mille choses à dire, et je sais plus par quoi commencer. Ce que vous devez savoir, c'est que le monde entier va disparaître si vous vous en allez.

Le Soleil scintille au rythme d'un cœur battant en paix.

— Peut-être que vous ne le savez pas, mais des milliards de gens depuis la nuit des temps comptent sur vous chaque jour : sans vous, moins de lune, moins de chaleur, moins de nourriture, moins de bonheur, moins de joie. Moins d'amour. Mon grand-père m'a raconté que dans les temps anciens, on vous célébrait. Aujourd'hui, les gens courent, ils ne font même plus attention à eux-mêmes, alors vous envoyer de l'affection à vous, il ne faut pas y compter. Ils se permettent même de vous bouder quand il y a quelques nuages. Je sais que Berat se trompe sur vous, vous n'êtes pas mauvais mais incompris, on ne peut qu'être bon lorsqu'on diffuse autant de lumière. Je ne vais pas pouvoir rester, mais si c'est la dernière fois que nous nous voyons, j'espère que vous serez heureux où que vous soyez, car, quand on est seul, on ne brille jamais.

La sincérité de Rosie l'attendrit. Le Soleil n'a jamais vraiment songé à son pouvoir, il n'a pas idée du nombre de personnes qui lui doivent la vie, il prend conscience de sa responsabilité. Il brille lentement avant de rétrécir jusqu'à devenir une orange lumineuse, toujours aussi aveuglante, et la température est à présent agréable. Rosie a tout exprimé et pose son pied sur les marches du départ, elle marque un temps d'arrêt et un sourire de satisfaction enveloppe tout son visage, elle se retourne vers le Soleil une dernière fois.

— Et aussi, ah oui ! Attendez, je me rappelle ! Je viens d'imaginer que vous ne partiez pas et je me suis promis, je me suis promis que si vous restiez…

Rosie, arrivée au bout de son improvisation, est saisie d'une fulgurance, les mots sortent de son cœur.

— Soleil, tu vas rester… vous allez rester car le ciel vous fêtera en changeant de couleur tous les matins et tous les soirs. Vos nuits seront douces, chaque feu de camp sera une ode à votre retour, tous les soirs dans le monde entier, des gens vous applaudiront pour vous bercer et surtout, mes amis Aube et Crépuscule danseront jusqu'à ce que vous soyez bien levé.

Rosie s'étonne elle-même d'avoir pensé à cette histoire de danse et s'en amuse. Le Soleil est impressionné par la détermination de la jeune fille, mais ne réagit pas plus à la proposition de son hôte, il est trop fatigué. Il va la laisser car il doit encore préparer son voyage, il se pare d'une couleur d'adieu, le contact entre eux est coupé, le Soleil s'habille de jaune, d'orange, il s'élève vers le grenier puis disparaît.

Dehors, la nuit est de retour, la fraîcheur va suivre. Rosie marche sans se presser, ivre d'avoir parlé avec le Soleil. Peu importent les conséquences, elle lui a dit ce qu'elle avait à dire. Elle marche jusqu'à ce qu'un tank arrive à sa hauteur à pleine vitesse. Le chef de la sécurité s'y tient debout et crie des félicitations comme on donne des ordres.

Plus tard, quand Aube et Crêpe la retrouvent, ils sont fous de joie qu'elle soit saine et sauve. Mais personne ne parle. Pas un mot. Ils sont partagés entre la satisfaction d'avoir œuvré pour le bien de la planète et la triste impression d'avoir vu le Soleil pour la dernière fois. C'est là qu'une idée nouvelle germe dans l'esprit de Crêpe, qui ne sait pas que Rosie l'a déjà imaginée. Il sourit ; il fallait probablement un peu d'eau, d'amour et un peu de Soleil.

— Et si l'on dansait ?

L'idée ne déplaît pas à Aube qui lui promet de lui apprendre quelques pas dès leur retour au jardin, et tout le monde rit de bon cœur, sauf le chef de la sécurité qui ignore la notion de rire.

Quand ils quittent le parc d'Arj-de-Noé, toute l'armée se lève en haie d'honneur, il y a même un orchestre militaire devant le portail. Noé et son majordome applaudissent à s'en rompre les bras, Dumbo Kylian se cabre en agitant sa trompe et ses pattes avant, mais c'est à l'approche d'Amourville que la surprise est la plus grande. Des milliers de personnes se tiennent debout dans la nuit, des torches et des bougies à la main au milieu des murmures et derrière la ligne blanche.

Peu rassuré, Crêpe a perdu son sourire au profit de sa méfiance légendaire, jusqu'à ce qu'Aube l'attrape par le bras. Crêpe baisse la tête comme un enfant puis la relève avec un regard sucré. Ils sont seuls au monde.

« Ils sont là ! C'est eux ! » Des échos se font entendre, puis des cris de joie, des chants improvisés. Alors que le trio avance, la foule s'écarte, un groupe attrape doucement Rosie montée sur Harley et la soulève de terre pour la porter aux nues. Sur son vélo volant, elle profite du point de vue pour chercher Edmond parmi la foule. Mais il y a trop de monde.

Berat a réussi à se frayer un chemin jusqu'à Crêpe et l'accroche par la cape, il se montre plus aimable et ne crache plus.

— Le bruit a couru de plus en plus vite et tout Amourville a fini par savoir ce que vous vouliez faire.

— Mais on n'a rien demandé.

— Certains se sont déplacés pour vous rencontrer en vrai, et tout le monde a vu le Soleil quitter ce foutu parc, on a eu peur que l'autre fêlé le garde pour lui.

Crêpe écoute sans intérêt, l'attroupement se densifie au point d'avaler Berat. La foule les suit jusqu'à la lisière de la forêt puis applaudit ses héros. Cette joie ponctuelle n'efface pas le danger qui court encore. Les trois amis s'enfoncent dans les bois, il n'y a aucune amertume, ils ont fait du mieux qu'ils ont pu, le reste n'est plus de leur ressort.

Le réveil

Après une marche silencieuse et la traversée du labyrinthe qui mène au jardin d'Aube, ils y trouvent le feu encore allumé. Crêpe y ajoute du bois pour l'attiser, pendant qu'Aube rassemble des petits tabourets avant d'aller chercher à boire.

C'est là que Crêpe se met en position de révérence et tend sa main vers Aube immédiatement charmée par la surprise. Il avait maturé cette idée depuis le départ du château. Dans le langage de Crêpe, c'est l'équivalent d'une demande en mariage. Aube saisit la main de son galant puis s'enroule dans ses bras. L'alliance de la maladresse de Crêpe et de la légèreté d'Aube offre un spectacle unique, la cape et la robe se mêlent et tournoient.

Ravie de voir ses amis heureux, ravie d'avoir été au bout d'elle-même et d'avoir parlé au Soleil, Rosie garde en tête son souci principal. Il faut qu'elle rentre pour se confronter à l'inconnu. Sans médicament, Edmond va tôt ou tard se retrouver dans une situation irrémédiable. Elle se prépare donc à rassembler ses affaires, sans oublier les plantes de guérison que lui a confiées Aube. Elle vérifie les pneus d'Harley et se dirige vers ses amis qui dansent encore, pour leur faire ses adieux. Elle ralentit ses pas et se dit qu'elle serait bien restée toute la nuit si elle le pouvait. Ici se trouve un nouvel équilibre, Crêpe devient un ange et Aube a tant à lui apprendre de la forêt. En approchant de l'entrée du labyrinthe, elle ralentit encore le pas afin de respirer tous ces parfums.

Soudain, une lumière nouvelle se diffuse, ce n'est pas celle des champignons sur le sol de l'entrée ni la lueur de la pleine lune… Rosie se retourne et regarde instinctivement vers Arj-en-ville. À l'est de la colline, une tache claire fait son apparition. Le point jaune se faufile sur la mer, lentement, l'horizon change de forme, le Soleil se lève doucement et commence à irradier pour se répandre sur le reste de la nuit, faisant peu à peu disparaître les étoiles. Les nuances de clarté sont inédites, le spectacle n'est comparable en rien à ce qu'avaient déjà vécu les habitants. Le ciel d'abord violacé tend vers le pourpre, puis passe par une superposition d'arcs-en-ciel aux éclats dorés. Progressivement, le silence de la forêt s'efface, ça faisait si longtemps que les animaux n'avaient pas chanté à la gloire de la lumière, jusque-là les oiseaux se moquaient les uns des autres car la plupart d'entre eux sifflaient faux. L'air devient humide, un couple de libellules s'abreuve de la rosée sur les pétales, elles applaudissent avec leurs ailes, une brise très fine berce leur habitat dont le vert des feuilles se révèle enfin. C'est comme si le Soleil s'étirait les bras, assis sur le bord de son lit en admirant le paysage. On commence à distinguer la vallée et la rivière qui serpente en bas, et le bruit de la cascade en amont revient. Rosie pleure d'émotion, il fait presque jour.

L'ombre d'Aube et de Crépuscule se découpe d'une manière de plus en plus distincte, leur danse ressemble au ballet d'une tempête au ralenti.

Le Soleil vient de se lever.

Rosie pédale sans relâche, avec une odeur de verdure fraîche dans les narines. Ce jour, elle l'a tant attendu, et pourtant elle ne ressent aucune satisfaction. Elle ne réalise pas. Après tout, les plantes n'allaient pas repousser du jour au lendemain, la patience est de mise, il faudra donc saisir l'euphorie quand elle se présentera, dès qu'elle ne sera plus fatiguée, dès qu'elle pourra étreindre son papy. Plus que quelques dizaines de mètres avant qu'elle dépasse la clôture de leur jardin, elle se prépare à lui faire une surprise, mais Edmond est debout à l'entrée de la maison, très affaibli mais heureux. Il l'attend. Rosie se retient de courir, puis marche de plus en plus vite pour finir la course dans ses bras. Edmond se met à pleurer.

— Alors tu y es arrivée. Tu l'as fait !

Rosie le regarde et pense à tout ce qu'elle a traversé pour vivre ce moment. Après avoir séché ses larmes, il l'invite à s'asseoir pendant qu'il prépare un déjeuner de fortune, sans rater une miette de l'aventure racontée par sa petite-fille. Après quelques bons verres d'eau fraîche et une autre bouchée d'œufs brouillés, vient la question qui la taraude depuis la première fois qu'elle a rencontré Aube.

— Papy ? Dis-moi, je voulais savoir comment ça se fait ?

— Quoi, ma poupoune ?

— Comment tu m'expliques que tu as connu Aube jeune ?

Edmond se lève et propose à Rosie d'aller faire un tour dans le jardin, il se doutait bien qu'un jour il ne pourrait plus fuir ce moment.

— Je l'ai rencontrée dans la forêt, nous étions très jeunes. Aube et moi étions très amis avant que je connaisse bien ta grand-mère, j'ai dû quitter la forêt quand ta mère est née.

— Mais, papy ? Vous avez le même âge ?

Edmond sourit en balançant sa main, la paume vers le haut comme s'il était en train de soupeser les mots de Rosie.

— Elle est bien plus vieille que nous deux réunis. Je suis retourné la voir de plus en plus souvent, et la force que me procurait chaque visite n'avait d'égal que le lien qui nous unissait. Elle y mettait toute son énergie sans compter, sans attendre de reconnaissance… elle voulait sauver le monde.

Il regarde la forêt au loin et se tait, avant de reprendre.

— J'y ai appris tout ce que je sais des plantes, ça au moins je l'ai. Je savais qu'un jour ou l'autre je perdrais la vibration, cette vibration qui te permet de faire de la forêt ta maison, de toujours savoir où est le Soleil même quand il est couché, de garder le lien, prendre la place de ce chaînon manquant entre l'être humain et la nature. Je l'avais, ce lien, ta mère aussi. Maintenant, il t'a été transmis, et heureusement pour tout le monde. Cette vibration est un don, nous la possédons depuis cinq générations.

Rosie rit.

— T'aurais pu me le dire, tu m'aurais évité de faire le tour du monde ! Et pourquoi Aube n'est pas allée réveiller le Soleil toute seule, puisqu'elle savait où le trouver ?

— Elle a trop combattu dans sa jeunesse, il fallait sûrement qu'elle transmette son énergie aux prochains élus.

Épilogue

Le lendemain le ciel est nuageux, et déjà les premiers bourgeons apparaissent. Une partie d'Amourville est heureuse de vivre un second jour, même si la plupart doutent d'un retour définitif de l'astre et qu'une autre petite partie peste contre le manque de bleu dans le ciel en raison d'un cumulonimbus. La ville va mettre du temps à se relever de cette période.

Rosie l'a fait, pourtant la fierté ne l'étouffe pas, ce qui la fait rêver encore fort sont les souvenirs qu'elle a amassés pendant ce long voyage nocturne. Il va lui falloir de temps pour prendre conscience de l'expérience qu'elle a accumulée si rapidement. Déjà Edmond s'adresse à elle avec de nouveaux mots : « Ma grande », « Madame », et lui demande son avis plus fréquemment.

Les jours se suivent et Rosie sort très peu. Les Amourvillois se sont habitués aux matins mais n'ont pas oublié leur héroïne. Rosie aurait largement préféré rester anonyme, la notoriété l'a enfermée chez elle. Et finalement elle n'est pas si mal à la maison, car elle apprend, encore et encore. Bientôt peut-être aura-t-elle besoin de retourner dans la forêt afin de parfaire ses connaissances.

Pas une étoile filante ne passe dans le ciel sans qu'elle ne pense à Momo, et elle imagine la magicienne réussir son tour à chaque envol de colombe.

Noé a ouvert une partie d'Arj-en-ville au public, et le château des quatre saisons est devenu un musée du Soleil. Le majordome a évidemment pris le rôle de guide. Ils y ont conservé une petite flamme éternelle en guise de souvenir et l'étage où le message a été délivré a été surnommé le Rosième étage. Un grand tableau de la scène y a été inauguré, et d'ailleurs Rosie a été maintes fois décorée depuis, mais elle ne s'est jamais déplacée à aucune cérémonie.

Famos, quant à lui, ne cesse de prêcher et d'envoyer des missionnaires dans tout le pays. Après une révélation, il est devenu la plus haute autorité languiste. Il a réécrit l'histoire des postillons de la création et s'est mis les prêtres dans la poche. Dorénavant, son but est de convertir quelques politiciens à sa cause.

Le sonneur s'est autoproclamé guide du lever de Soleil, il a terminé son vaisseau spatial et y a installé des roues, afin de faire la visite d'une colline qui n'est pas celle du Soleil. À des curieux fortunés, il réinvente son ancienne fonction en ajoutant beaucoup de relief aux anecdotes qu'il aurait vécues.

Désormais, dans son jardin, Rosie ne regardera plus le paysage comme tout le monde, elle y verra sa seconde maison. Elle sait que quelqu'un pense à elle lorsqu'un champignon s'allume. Et sur le mur de sa chambre, la photo de Vénus a été décorée au gros feutre, Rosie lui a rajouté des lunettes rondes et une moustache, ce qui amuse Edmond. Il connaît si bien l'histoire de Rosie qu'il pourrait en écrire un livre.

Surprenamment, le retour du jour ne s'est pas accompagné de tant d'optimisme, la joie n'a pas duré, elle a vite été ensevelie par toutes les nouvelles dont se divertissent la plupart des Amourvillois malgré eux. Néanmoins, la promesse du message a été tenue : célébré chaque jour, le Soleil n'a jamais dérogé à son réveil. Edmond va très bien et, au fond, c'est tout ce qui compte.

Remerciements

On ne part pas sans se dire merci.
Ce texte serait moins fleuri sans nos fous rires et tes efforts, cher grand Mahir Guven.
Merci à Stéphane « Fano » Distinguin.
À mon équipe de toujours : Derrière Les Planches.
À Véronique Cardi et aux équipes des éditions JC Lattès et de La Grenade pour leur confiance et leur implication.
À ma fille, ma famille et mes amis.
Au Kourtrajmé Gang.
À Marion et Uomo.
À mes Flowers.

Oxmo

Cet ouvrage a été composé par NORD COMPO

Imprimé en France par
CPI BRODARD & TAUPIN (72200 La Flèche)
en avril 2021

pour le compte des Éditions J.-C. LATTÈS
17, rue jacob – 75006 Paris

PAPIER À BASE DE FIBRES CERTIFIÉES

JC Lattès s'engage pour l'environnement en réduisant l'empreinte carbone de ses livres. Celle de cet exemplaire est de :
350 g éq. CO_2
Rendez-vous sur www.jclattes-durable.fr

N° d'impression : 3043031
N° d'édition : 01
Dépôt légal : mai 2021